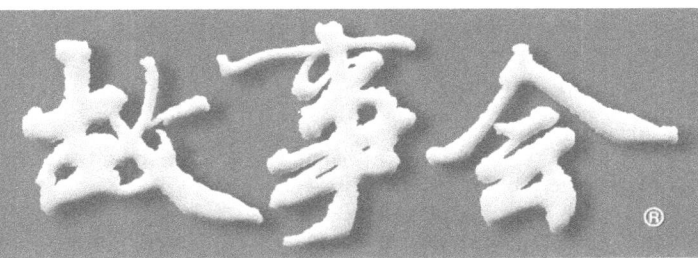

故事会
精品系列

百姓话题（1）

I0517167

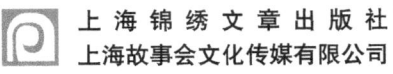上海锦绣文章出版社
上海故事会文化传媒有限公司

上海文艺出版（集团）有限公司

图书在版编目（CIP）数据

百姓话题（1）《故事会》编辑部编 － 上海：上海锦绣文章出版社
（故事会精品系列） ISBN 978-7-5452-0244-1

Ⅰ．①百…Ⅱ．①故…Ⅲ．①故事 作品集 中国 当代 Ⅳ．I247.8
中国版本图书馆 CIP 数据核字 (2009) 第 015629 号

丛 书 名：故事会精品系列

书 名：百姓话题 (1)

主 编：何承伟

编 委：何承伟 吴 伦 姚自豪 夏一鸣

责任编辑：刘迎曦 鲍 放

装帧设计：王 伟

责任督印：张 凯

出 版： 上海锦绣文章出版社

上海故事会文化传媒有限公司

POD 海外发行： 中国图书进出口上海公司

电话：021-36357888

传真：021-36357896

地址：上海市虹口区广中路 88 号

邮编：200083

目　　录

话题1　话说"当官的"

官位在,有时也会惹麻烦 ……………… 2

有权时,多为百姓办点事 ……………… 4

人呀人,脱了衣裳都一样 ……………… 5

话题2　话说"发财"

双手是活宝,一世饿不了 ……………… 9

发财没有错,应当走正路 ……………… 11

运气不会人人有,发财还得靠勤劳 ……… 13

话题3　话说"邻里关系"

和为贵,少烦恼,邻里团结赛金宝 ……… 17

亲帮亲,邻帮邻,打断骨头连着筋 ……… 20

金是金,银是银,千金难买好近邻 ……… 21

话题4　话说"钞票"

穷极无聊不可取 ……………… 25

不义之财不能拿 ……………… 26

良心要比钞票重 ……………… 28

话题5　话说"送礼"

索礼受礼,乌纱落地 ……………… 33

送礼送礼,别丢骨气 ……………… 35

为官清正,百姓自安 ……………… 36

话题6　话说"人间之情"

再穷不能苦孩子 ……………… 41

父女之情绵绵长 ……………… 43

唯有情真才是真 ……………… 45

爱心奉献见深情 ……………… 47

话题7 话说"姓名"

少见的姓会生烦恼 …………………… 50

常见的姓也闹笑话 …………………… 52

左顾又右盼,只为太当真 …………… 53

姓名乃符号,自应顺其然 …………… 55

话题8 话说"有钱人"

有钱也要站得正,坐得稳 …………… 60

有钱也得讲个法,论个理 …………… 63

有钱也需行个善,积个德 …………… 65

话题9 话说"真诚"

夫妻互敬互爱,需要真诚 …………… 70

视邻里为陌路,缺乏真诚 …………… 72

孩童纯洁无瑕,最为真诚 …………… 74

话题10 话说"打工"

打工要吃得起苦和累 ………………… 78

打工切不可使坏心肠 ………………… 80

要真诚待人赢得信任 ………………… 82

不能黑了良心赚黑钱 ………………… 84

话题11 话说"好人"

天下好事好人做 ……………………… 88

好人受屈真好人 ……………………… 90

坏人变好亦好人 ……………………… 92

犯法之徒非好人 ……………………… 93

话题12 话说"讨债"

不怕欠债的不还,就看讨债的能耐 … 97

讨债如同上战场,大有讲究用兵法 … 100

欠债不还理已亏,暗箭伤人更卑劣 …… 103

话题13　话说"见义勇为"

临危须镇定，智勇斗歹徒 ·············· 107

惹火自烧身，勇于担责任 ·············· 109

心中大无畏，正义得伸张 ·············· 111

话题14　话说"妻子"

家中有贤妻，一世好福气 ·············· 116

得福须知福，夫妻融融乐 ·············· 118

爱情有裂缝，双方共弥合 ·············· 120

话题15　话说"友情"

朋友一场，诚信二字 ·············· 125

友情友情，真情为重 ·············· 128

将心比心，人同此心 ·············· 130

话题16　话说"三百六十行"

行医看病重医德·············· 135

教书育人讲师道·············· 137

公安执法有警纪·············· 140

话题17　话说"走出困境"

人在困境中，最想得到的是别人的信任 ··· 144

人在困境中，最最要紧的是自己的奋斗 ··· 146

人在困境中，最宝贵的是不灭生命之火 ··· 149

话说"当官的"

只要阿谀逢迎者们相聚，魔鬼就会来参加晚会。

话题一 话说「当官的」

一天黄昏,张老头、李老头、常老头三个老朋友聚在城东一爿小酒店里,一斤老酒三碟菜,正在论长道短、谈天说地。酒过三巡,言来话去,说到了"官"的话题。

官位在,有时也会惹麻烦

张老头讲的故事

你们刚才说,官手里有权,权像百宝箱,要啥有啥,想啥得啥,我说老哥、老弟呀,这世上,正事、杂事、闲事、趣事无奇不有,什么话都不能说得太绝。不信? 好,我说件事情给你们听听。

有个小青年,踢足球时跌了一跤,送到医院一检查,医生说是脚跟腱断了。你问啥叫脚跟腱?这个我也不清楚,大概是脚跟上的一根筋吧,这种手术在医院里,张三李四、阿猫阿狗都会做。

本来是小事一桩,可是你们知道这小青年的老头子是谁?告诉你们,正是卫生局的杜局长。杜局长正在市里开会,听说儿子跌伤进了医院,就急忙打电话给医院院长,请他多关心,还提出能不能请吴医生主刀。这电话一来,院长不敢怠慢,立刻找来了外科主任,当场决定:这个手术,由吴医生主刀。外科主任只好听院长的,马上通知病房。那小青年本来已经推进了手术室,接到通知,手术只好暂停。

再说那个吴医生,是全市赫赫有名的"吴一刀",昨天夜里动了一个大手术,站了十二个小时,做好手术,是别人搀回家的。第二天被主任叫醒,以为又有啥大手术,连忙起床,一听是给局长的儿子接脚跟腱,面孔气得像猪肺。他讲:"明天哪一个当官的小孙子生个脂肪小瘤,也叫我去割?"

吴医生不肯开这个刀,人家是专家、权威,你对他有啥办法?主任去找院长,院长只好另换医生。谁知道,这一下麻烦来了!秀才吃田螺,讲究这一口;医生动手术,讲究这一刀。外科上上下下,没有人肯接这个手术。你们听他们怎么说:"上面指定吴医生做,我们就算有积极性,也不敢瞎起劲,万一有什么三长两短,我们担当不起呀!"

这样一来,苦了那局长的儿子,痛得喊爹叫娘,拖了七十二个钟头,主任在科里动员了三天三夜,才算做了手术。时间一拖,刀口开得长,缝了三十多针,半个月后出院,走路一拐一瘸,成了铁拐李。这件事,我是听我女婿说的,我女婿,就是后来给杜局长的儿子开刀的医生,你们说,这事还会假吗?要是那小青年的老头子不当局长,不打那只电话,他的脚就不会瘸!所以我说,当官,有时也会惹出麻烦来!

有权时,多为百姓办点事

李老头讲的故事

张老头讲的那个院长,他还不是存心去抱大腿,有些人才是拍马屁的祖宗呐,他们敬当官的,是冲你手里权来的。你手中有权,他就会来敬你、亲你、捧你;哪天手中无权了,他就会避你、恨你、骂你。告诉你们一件事:永和乡那个朱乡长,他的老头子突然脑溢血,两脚一伸,死了。朱乡长正在想怎么才能办好老子的丧事,哪晓得他手下那帮厂长、经理、主任,个个冷时会凑趣、热时会奉承,他们讲,丧事应该办得风光热闹,老人家在天之灵才会安逸。朱乡长听了,正中下怀。

俗话讲:有钱难买灵前吊。乡里那帮大官小官、男官女官,谁不想"啄木鸟翻跟头——卖弄花屁股"? 这个乡里,只有一爿花圈店,这么一来,店里的生意突然热闹起来啦,买花圈的排成了队。老板冯小三开心得像个笑弥勒,他看看店里花圈不多,马上找了几个帮工,日做夜赶,不到两天时间,两百多只花圈一抢而空。

食多伤胃,劳多伤身。朱乡长因为办丧事伤了身体,病倒住了医院。小乡镇上前几天是"吊丧热",这几天是"探病潮",朱乡长的病房里,从早到晚,一批来、一批去,大包小包堆成山。谁能想到天有不测风云,朱乡长身体本来不好,住院后迎来送往,累得心虚气短,一天夜里,心脏病发作,医生来不及抢救,眼睛一闭断了气。

花圈店的冯老板,听到这个消息,就像弯腰捡到了金元宝,开心煞啦,眼珠一转,马上租了一辆卡车,开到市区,一口气买了二百五十只花圈,人不歇气,车不停轮,赶回店来。

回来的路上,冯老板"螺蛳屁股转弯多",眼珠"骨碌骨碌"一转,想想不对:上次死了老头子,花圈卖了两百多;这次死的是乡长自己,二百五十只怎么够?冯老板马上叫车子掉头,回到市里,又加了一百只。

第二天一清早,冯老板劲头十足开了店门,伸长头颈等到天黑,花圈只卖出三只;第二天,卖掉两只;第三天,卖掉一只……以后,就再也没人来给朱乡长买花圈了。冯老板开始还弄不明白,稳赚一把的生意,怎么会船底翻身?生意人到底精明,眼珠一转就悟出了道理:人死了,权没了,拍马屁的还会来抱你的大腿?所以,依我看,卖牛留根绳,做人留个名。这些当官的倒不如趁着手中有权,多为老百姓做点好事,办点实事,积德行善,造福一方,倒也能在老百姓中树碑立传,留下好名。

人呀人,脱了衣裳都一样

常老头讲的故事

这样的好官,还是有的,眼睛一睁,就在身边。我家楼下,住着一个小后生,人长得瘦,外号叫"猴子",厂里不景气,下岗回家要养家糊口,他只好在弄堂口摆个摊,烤烤羊肉串,一天下来,一身臭汗骚味,没办法,三天两头去泡澡堂。

这天收好摊位,猴子又去澡堂,衣服一脱,水里一泡,眼睛一闭,嘿呀,真是惬意!泡了一个钟头,睁开眼睛一看,浴池里只剩两个人,一个是他自己,还有一个胖子。那胖子胖墩墩的,喏,就像这酒店里的阿二师傅。

这个时候,浴池里一胖一瘦,"哗嗒哗嗒"在擦背揩身,猴子揩好了,胖子还没好,身上肉多呀,自然揩得慢。猴子正要爬上来,胖子开口喊他:"小阿弟,帮帮忙,给我擦擦背。"

猴子不情愿:我又不认识你,凭啥给你擦背?一看那胖子,笑嘻嘻地在央求他,再讲论年纪,胖子可以做他阿爸,总算是个长辈,猴子不好意思回绝,就拿起胖子的毛巾,"哗嗒哗嗒"擦了几下。他本想应付应付,谁晓得他每擦一下,胖子就说声"谢谢",胖子越叫越勤,叫得猴子越擦越起劲。

胖子擦好了背,嘴里连声道谢,只见他红光满面,眉开眼笑,一边擦身,一边说:"小阿弟,告诉你,擦背实在惬意,舒筋活血,强骨健身,开穴养脉,理气安神……"

猴子越听越觉得让胖子占了便宜,就说:"胖子,你惬意,我累得上气不接下气……"

胖子明白了猴子的意思,笑着说:"对对,不能剥削你的劳动力,我也来给你擦。"猴子精明,说:"你胖,肉多,面积大。"

胖子不笨,讲:"你瘦,肉少,面积小。小阿弟,看不出,你倒还有点市场经济的头脑!这样吧,你刚才给我擦了一遍,我现在翻一番,给你擦两遍。"

胖子说完,摆开架势,给猴子擦起背来。开始时胖子蛮有力气,不过,到底是人胖,不多一会,就嘴里吐粗气,头上淌汗水。猴子看他有点可怜相,叫他停手,胖子就是不肯,把猴子的背一点不漏地擦了两遍,才气喘吁吁地停了手。

两人爬出浴池,躺在靠椅上。喝了三杯茶,胖子递给他一支"红双喜",猴子递还一支"红塔山",接着开始穿衣。

猴子行头简单,棉毛衫一套,绒线衫里一钻,棉大衣一披,好啦。一看旁边的胖子,衬衫领头笔挺,领带打得耀眼,再加一件上等料子的西装,最后又披上一件挺括的风衣。

这个时候,猴子眼睛"叭瞪叭瞪",站在眼前的胖子,威风凛凛,派头十足,比比刚才在浴池里的样子,真是一个天上、一个地下。

猴子眼睛像探照灯,胖子被他看得有点尴尬,便解释说:"我要去接待外宾……"

猴子一听"接待外宾",张大嘴巴,抖抖索索地问:"你……你是……"

"姓张,张国昌。"

猴子吓得要死,张国昌就是新调来的县委书记呀!这几天不是电视里天天有他镜头的吗?

他正在发呆,张书记笑嘻嘻地走到他身边,拍了拍他的肩膀,和他约定,下个礼拜,再到这里来互相擦背。猴子急得连连摇头:"不不,你、你还是让澡堂里的师傅擦吧。"张书记满脸不高兴,说:"这,你就不懂了,花钱叫人擦背不舒服,自己出力气得来的享受最惬意。"猴子还是不答应,他讲:"不是我不愿意,你是县委书记,我怎么好让你替我擦背?"张书记一听,"扑哧"一笑,低头看了看身上的衣裳,靠近身来,嘴巴凑到猴子的耳边,轻轻地讲:"俗话说,皇帝宰相泥水匠,脱了衣裳一个样。不是吗?哈哈哈……"

最后,张书记叫一声"小阿弟",猴子喊一声"大胖子",两人约好,下星期一再到这里来洗澡擦背。张书记一走,猴子就出了浴室,奔到街上,看见熟人就说:"县委书记给我擦背啦!"第二天,县城里就爆出一条新闻:新来的县委书记,昨晚在澡堂里,给一个烤羊肉串的猴子擦背!以后每逢礼拜一,一到下班,去浴室洗澡的人特别多。做啥?看县委书记给猴子擦背!你们看看,这个张书记,哪里有一点县委书记的架子?这样的人当权,心里会不想着老百姓?告诉你们,上个星期,县城里有两千多待岗工人重新上班了,有人说这是猴子擦背擦出来的。猴子还在卖羊肉串,不过,听说也快要上班了。我说呀,豹死留皮,人死留名,像张书记这样的人,一朝归天,拍马屁的不送花圈,老百姓也会把花圈店的门槛踏破!你们说是不是?

(范大宇、陈利民、人可)

话说"发财"

奇迹多是在厄运中出现的。

话题二

话说「发财」

　　一天上午,市中心的广场上,正在举行"一千万元促销连环大抽奖"活动。一个像乞丐一样的穷老头,在地上拾到两枚一元的硬币,他忍着售券小姐的白眼,买了一张奖券。使人惊叹的是,穷老头竟然中了一个大奖,得了一万元现钞。围观者感慨万分,七嘴八舌地说到了"发财"的话题。

双手是活宝,一世饿不了

一个工人讲的故事

　　俗话说,坟场出孝子,赌场出疯子。我看呀,这摸奖也快要摸出疯子来啦！我们楼里有个女工，下岗在家，这几天疯疯癫癫的，一天几次，净跑这抽奖摊，可是拿回家的，全是毛巾、牙膏、钥匙圈。

嗨，不到黄河心不死呀！昨天一早，男人上班去了，那女人又想去摸奖，口袋里没零钱，就去翻男人的抽屉，一看，正好有一张十元的钞票，拿了就走。

那女人买了五张奖券，连拆四张，都是白板，直到最后一张，拆开一看，总算中了一只电饭煲。那女人开心得浑身轻飘飘，好像摸到的是只金香炉。男人一下班，女人连忙像开展览会一样，把电饭煲捧到了男人面前，说："花了十元钱，中了个电饭煲，告诉你，你老婆运气来嘞！"

男人听了当然也很高兴。

女人接着又说："我现在运气特别好，等一会再去摸。老公，说不定给你摸台大彩电回来！"男人觉得好笑，说："你不要做梦踏云头，想得轻巧，摸奖不是药铺里抓甘草，一抓就有的。"

女人被泼了一头的冷水，就和男人争吵起来，男人不想与女人斗，就跑进了房间。谁知几分钟后，那男人跑出来大喊大叫："我十元钞票哪里去了？"

女人说："你着什么急呀？告诉你，我拿去摸奖了。我那个电饭煲值一百五十多元，你是十元，总不见得是一百元吧，有什么大惊小怪的！"

男人急得双脚直跳，说："我这张钞票，不是一百元，是一千元哪！你这戆女人，你不知道我是收集钱币的吗？那张十元，样子很特别，很少见的，我认为是错币，物以稀为贵，我是用一千元向朋友买的，那天晚上回来晚了，就顺手放在抽屉里。戆女人，你倒好，用一千元去买只电饭煲，一千元，电冰箱都好买啦！"

女人听得差点晕倒，到底是自家的钱，肉疼哪！但嘴上还是不肯讨饶，她说："我又不懂什么错币、对币的，谁叫你把东西乱放？"

男人叹了一口气，说："我看你呀，自从待岗后，就像掉了魂。待岗就待岗，有什么大不了，这个家有我撑着呢！大不了青菜萝卜、三碗薄粥，总不会饿死吧？再说，困龙也有上天时，双手是活宝，一世饿不了，砸了旧饭碗，找个新工作，有什么好怕的！最怕的倒是人穷气短，气短心慌，心慌头昏，这个时候想发财，就要闯祸倒霉！"你们说说，这几句话在不在理？什么，你说我怎么知道得这么清楚，是在编故事？这……咳，实话对你们说吧，那女人就是我老婆，她今天又来摸奖了，财迷心窍呀！我是来找她，让她回家的。

发财没有错，应当走正路

一个云南采购员讲的故事

心里想发财，不能说全不好，上头叫我们奔小康，就是要叫我们大家都发财嘛！袋里没钱，伸开十个指头，捏紧两个拳头，这算什么好日子！不过，发财就应该是正月十五的月亮——光明正大，就应该是乌龟碰石板——硬碰硬！我给你们说件事，那可是八千元钱喽！

今年3月10日，我乘长途班车从昆明回家，乘客中有一个哑巴，四十多岁，头发乱糟糟，脸上脏兮兮，傻乎乎的样子，连自己的座位号也弄不清，被上车的乘客挤来挤去，一副可怜相。

车子开到第二个站头，又上来一帮人，其中有几个四川人，看样子是到云南打工的"川军"，他们有的有坐票，有的补了短途站票，看上去似乎不是一伙的。

那个哑巴，当时坐在角落里，不知从哪里摸出一罐"健力宝"，一拉封条，"噗"一声脆响，罐内的水溅在前排一个四川人身上。四川人穿的是件新西装,于是他大骂起来,要哑巴赔他的西装。

哑巴傻乎乎地看着四川人,好像不明白他在说些什么,周围几个四川人看哑巴可怜,连忙劝起架来。正在这时,一个四川人叫了起来:"哎哟,你们看那哑巴的手上!"

我的座位和哑巴靠得近,当时也凑过头去看。那哑巴的手指上,套着健力宝易拉罐的封条,这小子傻乎乎的还没拿下来,那封条的背面印着五个红色的小字,上面是"大奖",下面是"五万元",我又用大拇指搓了搓那五个字,字迹一点不变,果然是真的!买健力宝得大奖,这事我早就听说,并不奇怪,奇怪的是这么一笔横财,竟然会落到哑巴这样的憨包头上!

这个时候,那个封条在车厢里传来传去,大家的眼睛都红了,随时都会被人私吞。有个四川人说:"喂,我说呀,大家不要欺负哑巴了,把那封条还给他吧,老天有眼,财落穷人手,这是他的运气!"

另一个四川人抓住封条不肯松手,说:"他这个哑巴,傻蛋一个,会兑啥子奖哟,说不定一到街上就叫人骗去了,还不如我出三千元钱,买下这封条。"大家一听,他想拿三千元换五万元,谁都不肯。怎么办?谁出的价高就归谁嘛!顿时,车厢里像个拍卖行,从三千元一直涨到七千五百元,最后一个浙江人出价八千元,被他买了去。他从密码箱里数出八十张一百元,派头十足地扔给了哑巴。

哑巴傻乎乎地捧着钞票,看不出一点开心的样子,好像捧着的是一堆废纸。有一个四川小伙子对哑巴叫起来:"憨包儿,你发财喽,还坐啥子车,下去吃喝玩乐吧!"他叫司机停车,门一开,硬拉着哑巴跳下车,转眼就不见了。当时,我很为哑巴担心:跟着这四川人,哑巴肯定是羊落虎口了!

又有个四川人对浙江人说:"这奖在昆明才能兑,你还是兑了奖再去。"浙江人被他一提醒，马上叫司机停车，匆匆下去了。

车子没开多远，一个四川人说要"方便"，车门一开，一帮四川人全跳了下去。车上的人都觉得奇怪，我也伸出头朝窗外看。只见后面的哑巴和那四川人正快步走来，刚才下车的那帮四川人也朝他们跑去，一会儿，他们就说说笑笑，勾肩搭背，全聚在一起啦！到了这个时候，我才像做梦一样醒了过来，原来哑巴和那帮四川人，是一伙骗子！虾有虾路，蟹有蟹道，你想发财，却走歪门邪道，只能是死路一条。那个浙江人，白白送掉了八千元，你们说冤不冤？

运气不会人人有，发财还得靠勤劳

一个乡村教师讲的故事

依我看，一点都不冤，那个浙江人，是应该让他吃点苦头！假使那罐健力宝是真的，真能得五万元大奖，那也是人家的，你不能把人家的钱抢到自己的口袋里。轮不到你发财，抢也抢不到；轮到你发财，逃也逃不掉。就说我们村里吧，有个出了名的犟老头，叫邵阿根。十多年前的一天，邵老头要给女儿买只手表，就将一头肥猪拉到城里，卖了八十元钱。他兴冲冲地赶往百货公司，经过文化宫，一看，门口排着很长的队。那个年头，只要是排队，一定在买紧俏商品，邵老头连忙上前打听，别人告诉他，是在买邮票。

邵老头一听，很开心：老太婆天天在喊油不够吃，今天运气好，排个队买几斤回去。想到这里，他就排起了队。

排了半个钟头，轮到了邵老头，他开口就问："油票多少钱一斤？"

卖邮票的小姑娘和排队的人一听，全都大笑起来。邵老头弄不懂了:笑啥? 有啥好笑? 你们能买,我就不能买?

那小姑娘对邵老头解释:这里卖的是寄信用的邮票,不是买烧菜用的油的油票,排队的人全是集邮的。邵老头越听越糊涂:这寄信用的邮票,为啥要排队买? 难道要涨价啦? 他还想问问清楚,排在后面的人等得急了,七嘴八舌地叫起来:"你这个老头,买什么都没搞清楚,凑什么热闹?"

邵老头一听,粗着喉咙叫起来:"谁凑热闹啦? 不就是买几张邮票嘛!"他当时就决定买十张。谁晓得旁边几个小青年故意激他:"我们都是买整版的,早知道你买几张,你也不要排队了,我们给你带几张算啦!"

邵老头气得额头上青筋暴出,面孔涨得血血红,他问清了价格,掏出那卖猪的钞票,朝桌子上一拍,喊了一声:"给我来十版!"

十版是六十四元钱,那个时候的六十四元,可不是一个小数哪! 周围的人全都惊得瞪大了眼睛,张大了嘴巴,说不出话来。看到大家这副样子,邵老头的心里说不出有多舒服,他笑呵呵地说:"哈哈,没啥,今朝袋里就这么点钱,不然的话,再买它几十版,你们城里人喜欢'寄邮',我们乡下人也喜欢'寄邮',这邮票寄来寄去,有多热闹! 人活着,不就是图个热闹嘛! 哈哈……"

邵老头拿着十版邮票,尽管脸上笑眯眯,可心里却像挖去了一块肉,真是"哑巴瞪眼睛,说不出心头恨",十版花纸头,顶一头大肥猪呀! 现在,连女儿的手表都买不成了!

回到家里,老太婆问明底细,手指头戳到邵老头的额角头,女儿气得躲进房间里,三天不肯叫一声"爹"。邵老头知道理亏,就像油条泡汤,软倒。邵老头又没有外地的亲朋好友,一年到头从不寄信,要这么多邮票做什么? 后来,邵老头把十版邮票叠在一起,放在镜框里,挂在墙上,花花绿绿的,像一幅画,总算有了一点用场。

时间过得很快，眼睛一眨，十多年过去了，儿子生孙子，孙子娶媳妇，房子不够住，就想盖房子。邵老头手头没有几个钱，他想到了一个远得不能再远的亲戚，那是邵老头的叔伯兄弟的娘舅的过房儿子，听说在上海做生意。那天吃过晚饭，邵老头请我到他家里去，给他那个亲戚写封信，向他借点钱。那时，我刚分到那个村办小学，邵老头买邮票的事我本来不知道，等我一走进客堂间，无意中看见挂在墙上的邮票，立刻大吃一惊，目瞪口呆，一问，才知道了这事的来龙去脉。我告诉他："邵大伯，你还借什么钱，你发大财啦！"

你们知道这是什么邮票？这是庚申年的猴票，因为发行量少，每枚市场上已涨到七百多元。按此算下来，每一版是八十枚，十版就是八百枚，一共值五十六万元钱哪！

邵老头听得眼睛发呆，他做梦也想不到，当年为了争一口气，今天会发这么一个大财！

后来，我帮邵老头联系了几次，把十版邮票拿到市里，在一次邮票拍卖会上，卖了六十万，邵老头用这笔钱造起了一幢三层楼房，每个房间还配上了空调、彩电，弄得像宾馆一样。

你们说，这发财的事，由得了自己吗？运气好，摔跤拾元宝。不过，运气毕竟是运气，百里得一，千载难逢，如果人人有运气，天天有运气，世上就没有"运气"这两个字喽！所以，千虚不如一实，要想发财，还得靠劳动致富。你问我到这里来做什么？我是路过，看看热闹。要我从口袋里掏钱买奖券，对不起！

（丰国需、吴天、郭西）

话说"邻里关系"

谁若想在困厄时得到援助,就应在平日待人以宽。

话题三

话说『邻里关系』

　　王家村有两户人家,一墙之隔,东西相邻。一天,一家的鸡钻进另一家的菜园,把刚种下的菜秧啄得一塌糊涂,另一家大怒,放出了拴在家里的狼狗。狼狗对着邻家小孩又追又叫,小孩吓得掉进屋前的河里,于是两家大闹,闹得昏天黑地。村口茶馆里的一群茶客有感而发,便七嘴八舌地说起了"邻里关系"的话题。

和为贵,少烦恼,邻里团结赛金宝

茶客甲讲的故事

　　俗话说:"和"是邻家宝,万事少烦恼。邻里之间,还是应该和气为贵。好端端的邻居,为了这么一点鸡呀狗的小事,伤了和气,断了情分,值得吗?就算吃一点小亏,也不要太计较,吃不了亏,做不好邻啊!

说件事给你们听。咱们村里有两户邻居,一家姓周,一家姓季,两家都喜欢养鸡。有一次,他们每家都买了二十只小鸡。哪晓得周家的鸡只只都长得鲜蹦活跳,不过全是雌的;季家的鸡不知得了啥病,死了一只又一只,最后只剩下一只雄鸡。

要说这只雄鸡,样子长得又高又大,早晨一声啼,声音响三里,往门口一站,威风凛凛,好像死去的那十九只鸡的精神、力气,都到这只雄鸡身上了。

开始,这只雄鸡和周家的母鸡倒还和和气气的,后来,它就开始不规矩了,一会儿跟这只亲热,一会儿跟那只要好,追这个、赶那个,弄得周家鸡飞狗叫,不得安宁。周家女人就去找季家男人,说:"他叔,你家的雄鸡把我家的母鸡追得乱奔乱叫,你得管管。"

季家男人说:"哎呀他婶,畜生嘛,它想怎么就怎么,哪会服人管!"

周家女人没办法,只得用竹竿围了个鸡棚,把二十只母鸡关了起来。哪晓得这只雄鸡本事真大,它猛地一蹿,成了一只"飞鸡",飞进了鸡棚,又在二十只母鸡中做起了"风流皇帝"。周家女人又急又气,闯进棚里捉住雄鸡,一把扔进了茅坑里。这一来,那只落坑鸡威风扫地,只好灰溜溜地逃到了家里,弄得满屋都是臭气。季家男人气不过,上门论理,话激话,没好话,到最后,什么难听的话都说出来了。周家女人讲:"和你们季家做邻居,我们周家倒了八辈子霉。从今以后,大路朝天,各走半边,哪怕我家天火烧,也不要你家泼一盆水!"

季家男人一气之下,就砌了个鸡棚,把雄鸡关了禁闭。

这么一来,周家总算太平了。哪晓得风雨无定,世事难料!

有一天，一个收购鸡蛋的小贩来到周家，周家女人连忙拎出了一篮鸡蛋。

小贩问："你这是什么蛋？"

周家女人觉得奇怪，说："鸡蛋呀，哪会是鸭蛋呢！"

小贩说："告诉你，大阿嫂，我收的蛋有两种，一种是普通蛋，一种是种蛋，种蛋的价钱要高一倍，大阿嫂，你这是什么蛋？"

周家女人听见种蛋的价钱要翻一倍，眼睛都瞪直了，连忙答道："我这些是百分之一百的种蛋，我家那只雄鸡长得又高又大，是少见的好种哪！"小贩说："大阿嫂，我们做生意的最讲究个眼见为实，我要看一看这只雄鸡。"

这下苦了周家女人，雄鸡给季家关了起来，哪能上门去看？她便推说雄鸡跑在外边，赶不回来。小贩还是不肯让步，他说："你总得让我知道这儿确有雄鸡，连鸡叫都没听见一声，我怎么好收种蛋呢？"

周家女人眉头一皱，计上心来，让小贩等在场上，嘴上说去找鸡，偷偷躲到了屋后的竹园里，伸长头颈，压低喉咙学起了鸡叫。不料叫得不像，被小贩察觉，小贩站在屋脚边开起了玩笑："大阿嫂，不是大公鸡，是只老母鸡嘛！"

正说着，忽听"喔喔喔"一阵鸡啼，从季家屋里"扑扑扑"飞出了一只大雄鸡，又听见季家男人粗着喉咙叫道："哪是老母鸡，是只大公鸡嘛！"小贩见了鸡，眼睛笑成了一条缝，嗨，收了这么多年的种蛋，从来没有看到过这么高大的雄鸡，嘴里连声叫道："好鸡，好鸡！"

小贩以八角一只的高价，收下了周家女人的鸡蛋，还说过几天再来，有多少收多少。小贩走后，周家女人拿着钞票，望着季家男人，心里七分感激、三分羞愧，想想以前对季家的态度，是有点太过分。想到这里，周家女人像大姑娘上轿那样，忸忸怩怩地走上前去，对季家男人说："他叔，刚才的事谢谢你啦。我想，你

以后还是把鸡放出来吧,现在不是都兴回扣吗?卖掉一只蛋,我
给你……"

季家男人听了以后一阵笑,他说:"我家的大雄鸡好人好事
做惯了,它也不会要什么回扣的。有道是:亲帮亲,邻帮邻,关老
爷为的是蒲州人嘛!哈哈哈……"

从此以后,两家的鸡又聚在一起了。所以我说呀,邻里之
间,犯不着为一点鸡毛蒜皮的小事伤了情分。门对着,窗挨着,
墙靠着,打不断的亲,骂不断的邻,受点委屈吃点亏,都是暂时
的,退一步,海阔天空嘛!若要邻里相好,遇事打个颠倒,你们
说,是不是这个理?

亲帮亲,邻帮邻,打断骨头连着筋

茶客乙讲的故事

是呀是呀,是这个理。再说,你对别人好,别人也不会亏待
你;人心换人心,八两兑半斤;三伏天你送我清泉,三九天我还你
寒衣;亲帮亲,邻帮邻,打断骨头连着筋哪!

去年我到淮北做生意,有一天在茶馆里听到这样一件事。

有一个小镇上有一条小巷,巷里住着两户人家,一家姓陈,
一家姓王,两家只隔着一堵墙,平时你来我往,相互照应,从来没
有吵过嘴,红过脸。

有一年,陈家在墙边种了一棵枣树,枣树长大后,树盖高过
墙头,树枝伸到王家院内。三年过后,到了开花结枣时,大红枣
挂满枝头。王家管教很严,孩子们虽然馋得口水直流,但是都不
敢动手打一颗枣吃。不过,遇到刮风下雨,树上的枣就会落下
来,掉到王家院里,小孩子们看见,就捡起来尝个新鲜。这个时
候,王家大人看到后也不好说什么,可是心里在想:枣子总归是

人家树上结的,我们不该享用。于是想了个法子,编了个大竹笆,斜吊在树下面,让掉下来的红枣顺着竹笆滚回到陈家院里。有一天,陈家发现了地上的红枣和墙头上的竹笆,深受感动,就悄悄把搭在墙头上的竹笆垫高,不让枣子滚过来。就这样你推我挡,相持了好久。

年年结枣,年年挡笆。王家想:还是搬到别的地方去住吧,免得时间一长,引起邻里不和。陈家听到这个消息后,大为不安,赶在王家搬走之前,连夜把枣树偷偷锯掉了。王家看到倒在地上的枣树,十分心疼,问:"为什么锯掉呢?枣树正在挂果呢!"陈家说:"枣树再好,也没有你们这样的邻居好啊!"

我说的这件事,就叫做"编笆挡枣,锯树留邻",这两家才真正是以心交心的好邻居。我们有些人做邻居,看重的单是外表,讲究的只是你送点啥、我还点啥,其实,包子有肉不在褶上,邻里之间,不在乎客套、热火,最要紧的是心诚。心诚情真,邻居相亲,你们说对不对?

金是金,银是银,千金难买好近邻

茶客丙讲的故事

你说得一点不错,邻里之间是应该真情相待。相处得好,一个邻居,抵得上十个亲戚。为啥?邻居住得近,叫得应,敲敲隔壁门,万事有照应嘛!

我有个远房亲戚住在上海,是个孤老太太,男人姓刘,解放前被抓壮丁,后来到了台湾。刘老太太虽然有几个亲戚,但都住得远,没法照顾,平时有啥事,全靠邻居帮忙。刘老太太日盼夜想夫妻团聚,整整等了四十多年,临死的时候,老人托给邻居一件事:以后要是台湾的男人来信,就代她回信,说她过得很好,叫他放心。老人没有一点积蓄,丧事也是邻居们一手操办的,骨灰盒葬在苏州公墓里,每年清明,邻居们轮流去扫墓。

老人死后三年,大陆和台湾的联系方便起来了,有一天,台湾的刘老先生果然来了一封信。邻居们拆开信一看,才知道刘老先生直到现在还孤身一人,信上还讲了不少思念的话。邻居们想到刘老太太临终前的托付,就冒充回了一封信。

这么一来,台湾那边以为刘老太太还活着,两地的信一来一往。这样又过了三年,有一天,刘老先生来了一封信,说他要到上海来探亲。这一下邻居们都急了,但是又不能叫他不来。

刘老先生到上海的这一天,这幢楼里家家都像办啥大事一样,老太太的房间早已打扫得干干净净,在菜场工作的张阿姨买回了一大篮荤腥蔬菜,开出租车的一个邻居早早开了车子等在虹桥机场。大家等呀等,谁知道轿车接回来的人一到楼里,大家的眼睛都瞪直了:来人竟是个三十多岁的女人!

那女人坐定后告诉大家:刘老先生六年前就过世了,临死前托给她一件事,要她有机会给上海家里写信,说他一切都好,免得老妻挂念。就这样,在以后的日子里,她一直冒充刘老先生给上海写信。下个月,她将去美国定居,无法再把信写下去,这次是特地把刘老先生的骨灰盒送回大陆的。

邻居们问她:"那你是刘老先生的……"女人一笑,说:"我是他的邻居。"

你们看看,上海、台湾两地的邻居,为了两个老人,不约而同,冒名写信,这样的邻居,比我这样的亲戚不知要亲多少呢!"邻居好,堆金宝",老古话是一点不错。噢,忘了告诉你们,刘老先生的骨灰盒也葬到了苏州,下葬的那天,台湾的女邻居和楼里的"七十二家房客"全去了,墓地上男女老少站了一地,旁人不知道,都说这一对老夫妻子孙满堂,好福气呢!

(韩仁均、黄家海、汪黎明)

话说"钞票"

人类百分之七十的烦恼都跟金钱有关。

话题四　话说「钞票」

　　这天,家住上海曹杨新村的"老宁波"家里,来了一个贵客。这人外号"老山东",是当年和老宁波在一个厂里学手艺的师弟。八年前,老山东承包了一爿家具厂,现在早已是家产几百万的大经理。今天,老山东开了"奥迪"小轿车,特来探望老师兄。

　　中午,老宁波煮了满满一锅宁波汤圆。吃惯了山珍海味的老山东,见了汤圆胃口大开,吃着吃着,他若有所思,忍不住笑出了声。他这么一笑,老宁波也心领神会地笑了起来。"三十年前……"可老宁波话到嘴边,却又咽住,面对着西装革履、气派十足的老山东,他实在不好意思再提当年的寒酸事了。

穷极无聊不可取

"老宁波"不好意思说出口的故事

那事发生在1962年。当时老宁波和老山东两人还都是光棍,住在集体宿舍里。

那个时候,真的是穷啊!有个星期天,宿舍里的五个光棍都不想到食堂去喝那稀饭汤。老山东是宿舍里公认的"小算盘",他眼珠一转,说:"我们包汤圆吃吧,这样既可以改善伙食,又能少花钞票,每人掏一角五分,就可以吃饱吃好。"

大家一听,都佩服老山东会动脑筋,因为煮汤圆不需要油盐酱醋,自来水不需要掏自己腰包,门房间里又有煤油炉,这样一算,全部费用就是买糯米粉和馅子的钞票。

那时候物价低,五分钱就可以买个肉包子。每人收一角五分,一共是七角五分,买糯米粉和馅子用去七角三分,还剩下两分钞票。

汤圆包好,急着下锅,煮熟分好,各人都是狼吞虎咽。吃完喝光后,宿舍里突然安静下来,你望望我、我看看你,嘴上不说,心里都在盘算:剩下的两分钱,该怎么处理才好呢?

有人"当当"敲着空饭碗开了腔:"唉,如果剩五分钱就好了!"

有人嘟着嘴埋怨:"当初就不该剩,多买两分钱糯米粉不就没事了?"

说三道四,都解决不了问题,这一枚两分硬币,既不能煮着吃,也不能掰成五份分,而且,大家眼睛瞪得像电灯泡,谁都没有发扬风格的意思。

正在相持不下时,老山东眼珠一转,说:"这两分钱正好买盒火柴,一百根除以五,每人二十根。"

大家听了一齐叫好。

当时的火柴每盒一百根,但不巧的是:买回来的这盒火柴,不知是出厂时少装了一根,还是售货员拿走了一根,五个人反反复复数了几遍,就是九十九根!

大家足足沉默了五分钟,最后老山东站出来说:"吃不了亏,成不了人,我少拿一根吧……不过,把……把空火柴盒给我!"

大家不知道空火柴盒能有啥妙用,全都瞪大眼睛,看着老山东。

老山东一笑,说:"火柴盒用过六十次后就不大好使了,这个新火柴盒,还可以用用呢!"

不义之财不能拿

"老山东"讲的故事

这种事,现在说出来真是羞煞人,我这个总经理的台都要坍光啦!唉,那个时候,真是穷得连人都变了态,一分钞票,都看得像人民广场那么大。不过你再聪明,螺蛳屁股转弯再多,也不过是"啄木鸟翻跟斗——卖弄卖弄花屁股",翻不出啥大世界来!

困龙总有上天时,现在总算是踩着银桥上金桥,越走越亮堂啦。当和尚要有袈裟,做经理要靠政策。邓小平的政策好,他让我们理直气壮、光明正大地赚钞票。就说我们家具厂吧,不但在国内打下了天下,还把戏唱到了国外,赚外国人的钞票!

当然,钞票要赚在正路上,走歪门邪道,迟早要苦头吃足。师兄,告诉你一件事,唉,我为这件事,气得一天没有吃饭。

我们厂里有个小青年叫阿新,是个铜钿眼里翻跟斗的角色。上个礼拜,他去银行存钞票,来储蓄的人多,只好排队。排在他前面的是个民工,那民工一边排队,一边从口袋里掏出一叠一百元钞票数起来。一会儿轮到了,民工就将钞票递进了窗口。

营业员是个戴眼镜的姑娘。眼镜姑娘一数钞票,少了一百元,民工一口咬定不会少,两人就争吵起来。民工说话粗鲁,眼镜姑娘气得要哭。

阿新见他们吵得没完没了,就上前劝架:"我说你这位同志呀,你虽然是外地人,在上海做工,也可算是半个上海人,上海要建设成文明的大都市,你也有责任嘛,说话怎么这样不文明呀? 再说,银行是讲信用的,怎么会吞吃你一百元呢?"民工被他说得面红耳赤,从眼镜姑娘手中夺过钞票,气呼呼地转身出了银行。

阿新办完"零存整取"储蓄,回到家里,从口袋里掏出一张一百元,笑得嘴巴都合不拢。这张钞票,正是民工数钞票时掉下来的,当时阿新排在后面,看见后连忙用脚踩住,又假装扎鞋带,弯下腰偷偷捡起钞票,塞到了自己的袋里。周围的人只顾排队,全都没有发现。阿新心想:一百元钞票可以陪女朋友到"大光明"看场电影啦,这种外快捞得神不知、鬼不觉,不拿白不拿!

第二天刚上班,阿新就接到了眼镜姑娘打来的电话,她说:她查了好久,才知道他的单位。昨天多亏他及时调解,不然的话,营业大厅里的秩序就要乱啦,银行领导为了感谢他,请他下午来看内部录像。

阿新平时最爱看录像,越刺激越过瘾,现在听说请他看录像,而且还是内部的,正好搔在痒处,恨不得下午改在上午,现在马上就去。

好不容易熬到下午,阿新准时来到银行,见到那个眼镜姑娘,就急着问:"小姐,这内部录像刺激不刺激?"

眼镜姑娘"扑哧"一笑,说:"刺激,保你刺激得坐都坐不住。"眼镜姑娘把阿新领到了办公室,招呼他坐下。阿新有点奇怪:银行放内部录像,怎么只招待他一个人看? 正想着,电视机已经打开,阿新不看倒也罢,一看真的坐不住了,荧屏上出现的画面是:民工掉下钞票,阿新伸脚踩住,弯腰去捡,放进袋里……

阿新"嘣"地从椅子上跳了起来,说:"你们这算什么内部录像?"

眼镜姑娘说:"这是经领导批准放的监控录像,不在这里内部放,难道你要对外放?"

阿新急出一身冷汗,狼狈不堪地从袋里掏出一百元钞票,说:"小姐,我如数归还,请帮帮忙,给我点面子……"

眼镜姑娘想给阿新留点面子,但是世界上没有不透风的墙,第二天,这内部录像的事就传到了我的耳朵里。你看看,这像什么话! 国有国法,厂有厂规,我总经理当然要维护企业形象,此事全厂通报不算,还扣发了阿新一个季度奖金。后来,阿新的女朋友也知道了,一封信把他骂了个狗血喷头,和他"拜拜"了。所以我说呀,不义之财,一分一厘都不能拿啊!

良心要比钞票重

"老宁波"讲的故事

有些人,就是不懂这个道理,他们眼里,看到的只是钞票。其实,钞票可以买到好多东西,好多东西又是钞票买不到的。比方说,做人的良心,待人的情分,你用钞票买得到吗? 我那个老太婆……(说到这里,老宁波轻手轻脚地走到房间门边,竖起耳朵听了听,又返身坐下)你别笑,我不是怕老婆,多一事不如少一事,家里也要安定团结嘛! 我那个老太婆,上个礼拜在农贸市场买了两斤春笋,她递给菜农一百元的钞票,找回一张五十元,其余都是零票。老太婆拿了五十元去南货店买香菇,营业员告诉她:这是张假钞票。老太婆转身回到农贸市场,那个菜农早已溜得不见了影子。

老太婆回到家里,伤心得要哭出来。师弟,你听了不要笑,我们平民百姓,一个月就这么几张钞票,眼睛一眨,少了五十元,哪能不心疼?我想宽宽她的心,就说:"这有啥,小事一桩,我有个朋友在银行里,过几天我找他去换一张。"

老太婆一听,急着催我快去调换。我被她推出门后,心里急煞:银行里我没有朋友,而且银行规定:发现假钞,一律没收,哪里能用假钞换真钞呢!现在弄假成真,如何是好?

我拿了这张假钞票,在街上走啊走,突然,看到路边有个牛奶摊,摊主是个老太太。我想:她人老眼花,肯定辨不出真假。想到这里,我就走了上去,递上那张假钞,说买两包牛奶。

那老太太根本想不到那是一张假钞票,她顺手把钞票塞进饭单的口袋里,十分殷勤地递给我两包牛奶。我见假钞票脱手,心里暗自高兴,就随口和她搭讪起来:"老太太,你人缘好,生意一定好。"老太太说:"好啥?一包牛奶赚八分,这么多牛奶全卖光,还赚不到二十块钞票。唉,媳妇下岗,我老太太上岗,没办法!"

我听她这么一说,不觉心头一沉:我把这张假钞票给了她,就害她白做两天半生意。老太太这么一把年纪,即使站在街头讨饭,我也要给她一点,现在她是做生意,把牛奶卖给我,我却拿假钞坑害她,我还有做人的良心吗?想到这里,我把牛奶一放,说:"这牛奶我不要了,你把刚才那张钞票还给我。"

那老太太一听急了,说:"老先生,我这牛奶又正宗又新鲜,你就帮帮忙,买了吧!"我被她说得一阵心酸,想了想,把心一横,从口袋里摸出一张十块的钞票,说:"你把五十块还我。这十块钞票,你全给我拿牛奶吧。"老太太听了欢天喜地,差一点跪下来给我磕头。

　　我回到家里,放下牛奶,偷偷从床底下的皮鞋盒里,拿出五十块钞票,交给了老太婆。老太婆见假钞票换成了真钞票,眉开眼笑乐陶陶,腿肚子上绑铜锣,走到哪里响到哪里,到处吹牛皮。你听听她说些啥,她说:"我家老头子就是有办法,他有朋友在银行里,能把假钞票换成真钞票,你们有假钞票的话,叫我家老头子去换!"弄堂里的几家邻居手头有几张假钞票,正在伤脑筋,听她这么一说,一齐找上门来,急得我双脚直跳,我说:"老太婆,你给我帮帮忙吧,银行里不能换假钞票,那五十块是我的私房钱哪!"

　　我这么一说,邻居们自然回去了,可是我的日子也就难过了,老太婆知道我藏私房钱,不但全部没收,而且开始严加看管。现在哪,我连买包香烟都要赔着笑脸说好话。啥?你问我后悔不后悔?师弟,实话对你说吧,这张假钞票没有给那老太太,我就啥都不后悔了。虽然只是五十块钞票,但钱多钱少,道理一个:谁把钞票看得比良心重,那就把做人的道理颠倒了。你说对不对?不过说到抽香烟,老是看老太婆的脸色,也实在没有味道,我准备戒烟了……哎,师弟,你做啥?你把这两条香烟送我?乖乖,还是"中华"呢!好,抽完这两条,马上戒烟!

(于东、黄宣林、彭美德)

话说"送礼"

贪婪往往是祸患的根源。

话题五 话说『送礼』

　　《故事会》上刊登过一则故事,名叫《送不走的老鳖》。说的是有位姓兰的乡村老师,为了调到县城,照顾生了癌症的妻子,便想向领导送礼求情。但手头拮据,难购礼品,幸亏他养了一只老鳖,就打算以鳖作礼。无奈鳖只有一只,需送礼的领导有六位,这可使兰老师作了难。不料兰老师的顾虑实属多余,那鳖像有灵性一样,送给第一位领导后,第二天早晨竟安然而归。就这样,当天送去,次日回来,一只鳖送了六个人,最后,鳖没有送走,调令却到了手。不久,一封没有署名的信,解开了事情的真相:其实并非鳖有灵性,而是六个领导半夜里偷偷把鳖放回到兰老师的家门口……他们虽然没有明说,心里却想的是同一句话:兰老师,现在最需要鳖补身子的,是你的妻子……

这故事发表以后,想不到引起了极大的反响,全国各地读者、作者纷纷来电,和本刊编辑部"空中大交流",热热闹闹议论起"送礼"的话题。

索礼受礼,乌纱落地

浙江作者郭西讲的故事

有人说:现在的社会送礼成风,火到猪头烂,礼到公事办。这话虽然说得过头,但这种现象还是有的。

有个财税局长姓庞,家里天天"香火旺盛"。时间一长,庞局长发现了一个问题:那些来送礼的人都各有所求,不希望被别人看到;可家里总是客流不断,手里都是大包小包的,撞见以后难免尴尬。总要想个办法,让他们有章有法。

庞局长苦思冥想了一夜。第二天一早,他操起了锄头、凿子,"的笃的笃"拆那门上的猫眼。老婆觉得奇怪,问他干吗,庞局长神秘地告诉她,把猫眼反过来装。老婆听了一跳八丈高:"你发神经病?猫眼反装,是我们看人家,还是人家看我们?"庞局长得意地说:"我就是要让门外看屋里。你想,上门送礼的人只要先从猫眼里一看,就可决定是进是退,这样就能自我管理,保证秩序。"老婆一听,忍不住一笑,说:"亏你想得出来,简直可以申请专利!"

猫眼反装以后,到庞家来的客人很快就明白了它的妙用。庞局长通过这妙不可言的猫眼,对前来送礼的人进行"宏观调控"。

这天是星期天,庞家门口来了个漂亮的少妇,她叫阿翠,是个女老板,因为偷税漏税,将被税务所处以巨额罚款。今天,她特意打扮一番,带了一个厚厚实实的红包,前来庞家送礼,想求庞局长帮忙。阿翠早已打听到庞家门上的秘密,所以到了门口先从猫眼里看一看,见庞局长正独自躺在沙发上看画报,便按响了门铃。

庞局长开门,阿翠进屋坐定后,知道庞夫人去娘家还没回来,便一面说明来意,一面发动攻势。庞局长起先还能"和尚念经,一本正经",后来经不起阿翠的挑逗,便在沙发上和她搂搂抱抱。正要宽衣解带,忽听门外响起"啊哼"一声干咳,紧接着,门铃像催命一般,"叮叮咚咚"响个不停。

一声"啊哼"吓得庞局长三魂丢了二魂,暗叫一声:"不好,我怎么热昏了,竟会忘了猫眼是反装的!"他慌忙跳起身来,开门一看,外面不见人影。回到屋里,他再无心思和阿翠鬼混,打发她走后,心神不定地想:刚才"啊哼"那人,必定从猫眼里看到了我和那女人的情景,唉,真是成也猫眼,祸也猫眼!

庞局长正在坐立不安,门铃又响了,进来的是"宏达"私营制衣厂的王老板,他手提大包小包,坐下后便提起了免税的事,这事非同小可,庞局长自然不会轻易答应。

王老板见庞局长打起了官腔,心里一急,喉咙口一阵干涩,忍不住"啊哼"干咳了一声。庞局长一听这声音,就像平地里响起一声惊雷,心里暗想:不好,这"啊哼"和刚才那一声"啊哼"一模一样嘛!肯定是他看到了我和阿翠的事。这么一想,庞局长态度突变,笑容满面地说:"王老板,你别急嘛,你的事就是我的事,我心中有数……"

王老板走后,庞局长开始谋划如何替他免税,正在挖空心思时,门铃"叮叮咚咚"又响了。他开门一看,只见老婆铁青着脸瞪着他,开口就是一声"啊哼"!

庞局长一听,吓得心差点跳出来。糟啦,这一声"啊哼",比王老板的那一声"啊哼"还要正宗!他的喉咙口像塞了个胡桃核,对着老婆吞吞吐吐地说:"你、你怎么也'啊哼'……"

老婆"砰"地关上了门,手指戳到了庞局长的额角头,气哼哼地说:"我怎么不能'啊哼'?姓庞的,要不是你把猫眼反装,我还看不到你和那骚货这么亲热呢!哼,刚才我是顾全你的面子,要不早就当场闯进来了!"

庞局长这才知道,那一声要命的"啊哼",原来竟是老婆发出的警告。他终于感到反装猫眼弊大于利,第二天正想把猫眼再转个身,不料警察到了家,罪名是收受巨额贿赂,将他逮捕归案。

编辑同志,你想想,庞局长本可以堂堂正正扬一身正气,荣荣耀耀当一任好官,现在倒好,反进了监狱。真是索礼受礼,乌纱落地,早知今日,何必当初!

送礼送礼,别丢骨气

北京作者古石讲的故事

有一次我逛商店,看到有个柜台旁竖着一块牌子,上面写着"为民服务——富余商品代销处",柜台里的物品琳琅满目,而且价钱也比较便宜。编辑同志,这种商店,分明是为那些受贿的赃官开了方便之门,让他们堂而皇之到这儿来"销赃",却美其名曰"为民服务"。呸!真是既要当婊子,又要立牌坊!但老百姓看了,全是口吞萤火虫,心里明白。这个"富余商品代销处",简直就是在教唆,教人受贿,教人送礼,送掉了社会的正气,送掉了做人的骨气!

现在说个没有做人骨气的送礼人的故事。有个单位的供应科里,一个科员叫小孙,平时给科长家买这买那,科长老婆夸他能干,说他是科长的接班人。有一天,小孙听说科长要升处长了,晚上就想到科长家串门,一来想"侦察"一下送点什么礼合适,二是想探听风声,看看自己能否当上科长。

小孙来到科长家门口,正要敲门,忽然里面传出了夫妻俩的说话声。

科长老婆问:"你当处长,谁当科长?""还没想好呢。"科长老婆说:"想什么,不用他用谁?"说到这里,科长老婆又像命令一般地讲了一句:"不要忘记,抽空把那盆买回来!"

小孙一听科长老婆的口气,像是在说他该当科长,于是就没有再进去。回家的路上,他一直在想:盆?盆?会是什么盆呢?菜盆?脸盆?花盆?

两天以后,小孙还没想出科长家需要的是什么盆,又听说科长今天就要走马上任当处长了,于是赶忙去送行。一走进科长的办公室,只见科长的小舅子正坐在写字台的位子上看文件,原来新科长竟然是他!

正在这时,科长走了进来,说:"噢,我差点忘了,小孙,你去买东西时,顺便给我儿子捎个便盆来。"

小孙一听,目瞪口呆:什么盆,原来是科长儿子拉屎撒尿的便盆!但他没有勇气拒绝,只得上街买了便盆,给科长家送去这件最后的礼物。

为官清正,百姓自安

上海读者黎连讲的故事

打铁还得自身硬,你当官,难免有人要送礼,就看你动不动心,守不守共产党的章程。

我的阿叔在郊区物资局工作,为人老实,办事巴结,眼看别人都当上了主任、科长,他还是八仙桌旁的老九,没有位子,年纪四十多,还是副科级科员。

这年元旦,调来一个姓李的新局长,说来凑巧,局里将他的住房安排在我阿叔的这幢楼里,而且还是对门邻居。有人好心劝我阿叔和领导联络联络感情,言下之意,要他送礼。

但是,送什么好呢? 钱要花在刀口上,礼要送在紧要处。经过观察,我阿叔发现李局长烟瘾很大,于是,这天吃过晚饭,他就去大楼对面的烟杂店买烟。店主是老熟人,香烟是正宗货,我阿叔把心一横,花六百元买了两条"中华"烟。

我阿叔用报纸包好香烟,匆匆来到了李家。李局长十分客气,两人说东道西谈了一会后,我阿叔起身告辞,把香烟留在了桌上。李局长的脸色变得十分难看,他说:"这烟……"

我阿叔连忙解释:"这烟是别人送的,我又不会抽烟……"

李局长说:"我告诉你,一、别人送你是一回事,你送我又是一回事;二、包子有肉不在褶上,关系好坏不在礼上;三、官清民自安,我们局里,不兴这一套!"李局长说完,硬把香烟塞到我阿叔手里,送他出了门。

我阿叔回到家里,想到礼没有送掉,十分懊恼。忽听有人敲门,从猫眼里一看,是个陌生老头,我阿叔开了门。老头笑眯眯地问:"请问,李国民、李局长住在哪里?"我阿叔用手一指,告诉他,李局长就住在对面。

这时,我阿叔注意到:老头的胳肢窝里挟了个纸包,看那形状,也像是两条香烟! 我阿叔连忙关门,眼睛贴着猫眼,一眨也不眨地注意着,看那老头进了李家的门。过了半个钟头,老头走了出来,空着两手,不见纸包! 我阿叔气得眼睛直瞪:好你个姓李的,收他的礼,不收我的礼,王八敬神,假作正经! 他长叹一声,下楼退掉了烟。

从这天开始,我阿叔就暗中注意起来,发现那老头送烟很有规律,每月来两次,一次月初,一次月中,来的时候,总是先到对面的烟杂店买两条香烟,看来那老头与李局长的关系必定非同寻常!

一天吃过晚饭,我阿叔在楼上无意中看到那老头又来了,照例先到那片烟杂店掏钱买烟,然后上楼进李局长家。过了一会儿,对面门响,我阿叔从猫眼里一看,嗨,奇怪,只见老头挟着香烟走出门来,这一次竟然没有把礼送掉!我阿叔站在窗口旁,看着那老头走到烟杂店,退掉了香烟,匆匆离去。

我阿叔想弄清楚到底是怎么一回事,便装作饭后散步,来到烟杂店,用很随意的口气打听那老头和楼里的李局长是什么关系。

店主说:"你别小看他,他是李局长的丈人。"

我阿叔听了吃惊地问:"怎么丈人给女婿送烟?"

"那老头怕女婿吃人嘴软,拿人手短。他虽是个平头百姓,也要节衣缩食挤出钱来,每个月买四条香烟给女婿抽……"

"那今天他女婿怎么把烟退了?"

"他女婿戒烟了。"

我阿叔听到这里,好久才说出一句话:"这样的干部,我服!"

(郭西、古石、黎连)

话说"人间之情"

感情是我们生命中最光辉的一部分。

话题六　话说「人间之情」

　　市南小学的钟老师,教书教了三十五年,他越来越觉得现在不少学生知识懂得多了,道理懂得少了,只知道人人为我,不知道我为人人。

　　钟老师感慨之余,便写了一篇《道德三字经》,开头几句是:

　　　　人之初,
　　　　性本善;
　　　　性之善,
　　　　情相关。
　　　　父与母,
　　　　最为先,

十月胎，

情拳拳……

这篇《道德三字经》很快在校园里传开。这天早晨，老师们又在办公室议论起"人间之情"这个话题来。

再穷不能苦孩子

张老师讲的故事

钟老师的"三字经"说得好，你们想想，十月怀胎养育恩，做儿女的，哪里能体会得到！一把屎一把尿，从小学到大学，做父母的，那真是操不完的心哪！

你们知道，我女儿在师大读书，她给我说了一件事。

她们班里有个女同学，叫梁小妹，是江西山沟沟里来的，家里很穷。梁小妹考取大学后，父亲梁三老汉东挪西借，求爷爷、告奶奶，好不容易凑了一笔钱，让女儿来省城报名读书。

那天，梁小妹到了学校，看到校门口贴着的通知，才知道新生报名费比原来增加了两百块，梁小妹当时就急得哭了。后来名是报上了，但是欠款马上要交，不然要停学。

梁小妹左右为难，家里穷，实在不忍心再向爹娘要钱；可省城又没有熟人，为了读书，她只好把心一横，给家里写信。

过了十多天，家里寄来了两百块钱。梁小妹把钱交了，又给家里回了封信，说是钱已收到，学杂费已交足，叫爹娘不要操心。

谁知过了半个月，家里又寄来了两百块，而且以后总是这样，只要梁小妹寄信回去，不出半个月，家里准会寄钱来，少则两百，多则四百。梁小妹又是惊喜又是怀疑：爹娘这些钱是从哪里来的？借的？穷山沟里的亲朋好友,能借的早就借遍了,莫非山里的公路修好了,爹的山货卖上了好价钱？

梁小妹心里存了疑团,几次写信去问,可她收到的不是回信,而是一张又一张的汇款单。梁小妹终于明白:家里富了！梁小妹没有缺钱的烦恼,她吃得好了,穿得好了,有时还买上一点化妆品。她还给家里去了一封信,撒娇般的劝爹娘:"你们的女儿现在是大学生了,大学生的爹娘可不能穿得破破烂烂的,让人笑话……"

就这样,梁小妹甜甜蜜蜜地度过了一学期。终于,放假了,她归心似箭,急急地乘车回家。临近家乡时,梁小妹惊呆了:山里的路并没有修好！下车赶了十多里路,一进家门,更使她大吃一惊,家里的光景,穷不忍睹:老牛不见了,牛圈里长满了杂草;鸡鸭不见了,棚窝都已倒塌;房里的几件家具不见了,换上的是泥巴垒的桌、凳;爹的牙掉了,背驼了;娘的头发白了,身子瘦了……

两个老人看见女儿回来,高兴得一个劲地抹眼泪。梁小妹忍不住连声追问:"爹,娘,家里怎么成这个样了？"

梁三老汉满不在乎地说:"没啥,没啥,天塌不下来,你在省城读书,不能苦了你啊！"

梁小妹眼泪汪汪地问:"家里穷成这样,为啥还不停地寄钱给我？我信上没有说要钱呀！"

"什么,你信上没说要钱？"两个老人一听,你望我,我看你,不知说什么才好。

梁小妹又问:"我写给你们的信呢？"梁三老汉忙从屋里拿出一叠信,是用红线扎着的,解开红线一看,梁小妹心头猛地一沉:天哪,这些信全都没有拆过,一数,足有十二封！

梁小妹鼻子一酸,"哇"地哭出了声:"你们不拆信,怎么知道我要钱,嗯？"

梁小妹的娘说："村里没有识字的人，头一封信，你爹跑了十多里路，到镇上学堂里求先生给念的。后来的信，你爹不想再求人了，欠别人的情咱还不起哪！后来你一来信，你爹就说，小妹又没钱了，要不，没事她写信来干啥？大城市比不得咱山沟沟，上学要钱，吃穿要钱，啥都要钱。唉，快想法子给小妹寄钱吧。就这样，我们把家里值钱的东西都卖了……"

听到这里，梁小妹什么都明白了，她一头扑进娘的怀里，放声大哭。梁三老汉在旁边劝道："没啥，没啥，再穷也不能委屈了孩子。"

梁三老汉夫妻俩，这一对山沟沟里的老人，他们对待女儿的那份情，那份爱，真的是重如山，深似海，听了让人心酸。

父女之情绵绵长

金老师讲的故事

父母对儿女的情，情深如海，但儿女对父母的爱，一样是刻骨铭心。特别是有些父母，在伤了儿女们感情的时候，又能否体会到儿女们那颗滴血的心呢？

我们班里有个同学叫曲玲，今年九岁，她爸爸是个画家，曲玲也很喜欢画画。

上个月，省里举办少儿绘画大奖赛，我就动员曲玲报名。在截止期将到的时候，曲玲交来了一幅作品，名字叫《盼》，画的是清晨，一个小女孩，蹲在草地上，托着腮，仰着脸，望着天上的太阳。这幅画构图、色彩都很好，我当时看了，一阵惊喜，凭感觉，我知道这画很有可能得奖。

曲玲的画通过了县里的初审，很快又送到了市里。

曲玲在盼，我这个美术老师也在盼，我盼望曲玲的画能在全省得大奖。不料这天,一个老同学来了个电话,他是少儿绘画大奖赛市评审小组的成员,他在电话里告诉我:曲玲的画已经落选,问题不是画得不好,而是曲玲犯了常识性错误。太阳是从东方升起来的,而在曲玲的画上,太阳却从西边升起来。这样优秀的作品因犯常识性的错误而落选,真是太可惜了!

九岁小孩一时疏忽,辨错东西,情有可原,不可原谅的是我。当老师的,竟会粗枝大叶,铸成大错!但我还是怀着一丝侥幸的心理,想再证实一下,曲玲的画上,太阳到底是从东边升起,还是从西边升起。

下课铃响后,我就把曲玲叫到了办公室。

曲玲畏畏缩缩地走了进来。这小家伙,这段时间里总是无精打采的,脸色也不好。我把她叫到身边坐下,对她说:"曲玲,你那幅画上的太阳,到底是画在东边还是西边?"

曲玲十分肯定地脱口而出:"西边。"

"什么,真的在西边?你再想想,有没有记错?"

"老师,是在西边,不会记错的,我还特地画了一个方向标。"

我一听,气呼呼地责怪她:"你什么时候见到太阳从西边升起来?你画好后,也该让你爸爸看一看嘛!"

曲玲哭了,哭得很伤心。她一边用手抹着眼泪,一边说:"爸爸和妈妈吵了,他离开我们到省里去了。爸爸临走时对妈妈说:要想让他再登这个家门,除非太阳从西边升起!我好想好想让太阳从西边升起,那样,爸爸就可以回家了……"

原来是这么回事,我只觉得心口隐隐作痛,忍不住也落下了眼泪,一把搂过曲玲,对她说:"孩子,老师一定要让你爸爸看到这幅画,一定……"

我马上打电话,把曲玲的这些情况告诉了市里。昨天晚上,我的老同学打来电话,他说,经过他们的解释,评委会再次慎重讨论,最后曲玲的这幅画在省里获得了特等奖。

我很高兴，但愿曲玲的爸爸能看到这画，能理解女儿的这番苦心，父女团圆，一家团圆。

唯有情真才是真

吴老师讲的故事

你们刚才说的，都是父母、儿女的情，但是，亲不过父母，近不过夫妻，我来说件夫妻之间的事。

我有个朋友老杨，前不久去厦门开会。厦门是出产珍珠的，老杨一到那里，就花一百七十元钱，为妻子买了一条珍珠项链。回到宾馆，懂行的朋友告诉他，这样的项链最多值四十元，宾馆的商场里就有卖。老杨到商场一看，果然如此，他这人平时省吃俭用，这次被人斩了一刀，直到半夜，还在心疼。

会议结束后，代表们去鼓浪屿旅游，导游小姐把他们带到一家珍珠首饰精品商店。进去一看，老杨的眼睛都花了，只见这商店规模很大，装潢精致，陈列的珍珠首饰，件件晶莹剔透。老杨已被人斩过一刀，走到这里，本应该铁公鸡加三道箍——一毛不拔，但人常是这样，越是吃了亏，越想占便宜；越是买了假的，越想再买真的。想到妻子马上要过四十岁生日，老杨就决定买条像模像样的项链送给她。他沿着柜台走呀看呀，看到一条标价二千五百元的项链，他停住了脚步。

大商店到底不同，那些肩披大红缎带的导购小姐，个个气质高雅，服务周到。其中一个笑吟吟地迎了上来，说："先生，这么好的项链，您不给夫人带一条回去？"接着便在一旁热情地介绍：这店是养殖场办的，养殖场是国家办的，绝不会有假货，又是自产自销，享受免税优惠，价格绝对便宜。

经过老杨讨价还价，导购小姐和营业员商量后，又特地去请示了经理,最后,这条二千五百元的项链,以一千元成交。营业员悄悄关照老杨千万别和旁人说,要不,大家都来买,店里就赔不起了。

老杨确信拣了个大便宜,高兴得眼睛都笑眯成了一道缝,他觉得上次被人斩了一刀,这次把损失全赚回来了。

会议结束,临上火车时,会议的东道主送给每位代表一条珍珠项链,作为纪念品。老杨一打听才知道这条项链只值四十元钱,再拿出一千元的那条一比较,老杨差点晕倒:两条项链几乎一模一样。内行的人告诉他,这两条项链都是假的。再细细一看那发票,其实只是张收据,单凭这一条,那商店就有问题!现在火车将要启动,一切都已晚了。

这一千元不是个小数,老杨没这么多私房钱,所以回到家里,只得向妻子如实招供。妻子听了,先是心痛得脸色都变了,慢慢的,她冷静了下来,微微一笑,说:"项链或许是假的,但你这颗心是真的。有你这颗心,我就满足了。"

老杨听了心里一阵发热,他抱着一丝希望,说:"明天我拿到银行去验一下,或许是真的呢。"

妻子连连摇头,说:"别去,要是验出是假的,我们两人心里都会不好受。不是说难得糊涂吗,我们不如装个糊涂,永远当它是真的。"

就这样,老杨的妻子一直戴着这条珍珠项链。

什么,你问我怎么知道得这样清楚,是老杨亲口告诉我的嘛!

三个故事打动了大家的心,唯有一旁的崔老师默不作声,表情冷淡。上课铃响后,有课的老师鱼贯而出,办公室只剩下两个人:崔老师和她的好友丁老师。这时,丁老师问崔老师:"你说,这世界上什么情最深?"崔老师抹了抹湿润了的眼眶,又像是回答,又像是自言自语:"男女相爱,生离死别。"

爱心奉献见深情

崔老师心里的故事

我是二十三岁那年恋爱的,男朋友姓郭。我俩特投脾气,一日不见,就像离开一年一样。

有一回,我们正在海边玩,突然,我觉得天旋地转,一下子倒在地上,等我醒来,已经躺在医院里。医生和小郭正在谈话,声音很小,可我听得清清楚楚。原来我得的是很严重的心脏病,要彻底挽救我的生命,只有换心,就是把刚刚死去的人的心脏移植过来。这可不是一桩小事,一是要筹一大笔钱,二是要排队等心脏。

小郭本想瞒过我,我对他说,我全知道了,你别费劲了,活几天算几天吧。小郭听了很生气,他安慰我,起早摸黑地拼命挣钱。我不知道他攒了多少钱,只是见他一天天地瘦了。

一天下午,小郭兴冲冲地跑来告诉我,他刚接到换心登记站的电话,说我已排到了第一位,也就是说,只要再有一颗心,就轮到我了。我缠着他,逼他说出换心的钱是怎么来的,不然,我就不换。

小郭无可奈何地笑了笑,说,光靠那一点工资不知要等到猴年马月,只好去捞外快。有一天,他无意中看到拍电影,一个替身演员临阵怯场,不敢从二层楼上跳下来。他一听跳一下可以得两百块钱,就自告奋勇顶了上去。站在窗台上,他两腿直打颤,可一想到我,就毫不犹豫地跳了下去。他没受伤,问导演还要不要再跳,导演说,没有跳楼的镜头了,只有一个挨打的镜头,他二话没说,又把这活给揽了下来。

小郭还告诉我,从这以后,那导演常找他去当替身演员。他还去美术学院当过人体模特,到饭店洗过盆,替朋友看过摊……

但是,这个手术要用的钱太多了,我们把钱数了一遍又一遍,还是差一万块。就在这火烧眉毛的时候,那导演打来了电话,说有个从六楼跳下来的镜头,可以付三千元报酬。我正想让小郭拒绝,他却一口答应了,让导演付一万元,另外七千算是暂借的,导演同意了。

我不放心,跟着来到现场。导演马上给小郭说戏:有个歹徒抢了十万元人民币,被警方逼得走投无路,要从六楼跳下去。导演还说,下面做好了保护措施,帆布下叠了五层空纸箱,只要姿势正确,落点无误,不会有什么危险。

我从六楼的窗口往下看,只觉得头晕眼花,我想让小郭别跳,哪知他已在合同上按了手印。

导演喊了一声"开始",小郭大吼一声朝窗口奔去。他太紧张了,跳下窗台的一刹那,右肩撞到了窗框,身子歪斜,双脚落在纸箱的边上,头,摔在地上!

现场事先准备了救护车,大家慌忙把小郭抬了上去,直开医院。我在手术室前等了十个小时,医院才叫我进去。小郭已经说不出话来,他吃力地抬起一只手,指指自己的心口,又指指我的心窝,然后,那手就慢慢地垂了下去……我一下子昏了过去。

等我再醒过来时,小郭已经永远离开了我,他唯一的遗愿就是要我换他的心。我发疯一般的拼命喊:"不,我不换他的心!"医生严肃地说:"你如果违背了死者的遗愿,他的死也就毫无价值了。"

我被说服了,护士扶我走进了手术室。手术非常成功,几个月后,我就带着小郭的这颗心脏,开始了我的新生活。以前,我很少做梦,自从换上了小郭的心脏后,我几乎天天做梦,每次做梦,总和小郭在一起。我常常从梦中惊醒,在夜深人静时把手按在胸膛上,去感觉小郭那颗心的跳动。我常常会忘情地自言自语:"小郭,我听见了,你在说'我——爱——你……'"

(张英铎、金一、吴金、崔陟)

话说"姓名"

　　姓名不过是人际交往的一种符号。

话题七

话说「姓名」

　　老翟最近突然要"跳槽",他的几个亲朋好友感到大惑不解,老翟的单位不错,他去年还评上了高级职称,而且年纪也将近五十了,还跳什么槽呢? 于是几个好友便结伴前去探望。大家在客厅坐定后,便问起了老翟跳槽的缘由。

少见的姓会生烦恼

老翟讲的故事

　　你们问我为啥一把年纪了,还要调单位。唉,说来说去,全是为了我这个姓!

"翟"是个少见的姓，一万人中还不知道有没有一个呢。因为少见，别人就把"翟"错读成"贼"，年轻时被叫成"小贼"，人过中年，就成"老贼"了。来了新同事，领导作介绍，就说："这位是老'贼'师傅，技术好，资格老，见识广，经验多……"接着新同事就尊称我为"贼师傅"，经常是"贼师傅"长"贼师傅"短的，简直是不堪入耳。

记得那年刚工作，第一个月发工资，我走进财务科，想在工资名册上签名，谁知找来找去找不到我的名字，一问才知道打字机上没有"翟"字键，他们就把"翟正宗"改成"崔正宗"了！这样一来，我除了姓"贼"，又姓了"崔"。

后来，麻烦又来了。科里调进了一个副科长，你们知道那人叫什么？我叫"翟正宗"，哼，那家伙叫"瞿正宗"，你们看，这两个姓名多相似，笔划一潦草，简直没法分辨。从此，好戏就开场了！他的会我参加了，我的汇款单被他拿了。每天上班，两人都来得特别早，为啥？传达室送来了邮件，两人都怕被对方错拿了信，都像乌骨鸡似的瞪着眼，一封一封地仔细核对。有一次，一本医学杂志发表了我的一篇论文，那编辑昏了眼，作者成了"瞿正宗"，别人一见他就恭维："瞿科长，大作拜读，可喜可贺！"这家伙竟然一笑了之。厂里的人都以为这论文是他写的，你们说气人不气人？

有一年的中秋节，我出差回来，买了一盒月饼，兴冲冲地准备回家过节，一脚踏进门，老婆破口就骂："想不到你也开放起来了，痛快点说吧，什么时候离婚？"我一听，丈二和尚摸不着头脑。老婆把"铁证"抛到了我的面前，这是一封情书，其中几句是："去年中秋，良辰美景，两心相依；今年中秋，我情依旧，你心如何？"我是浑身长嘴也辩不明白。一看信封，收信人的姓名又像是"翟正宗"，又像是"瞿正宗"，我知道这封信一定是寄给姓瞿的，这家伙在外面寻花问柳，厂里知道的人不少。不巧的是这几天他也出差在外,科里就把这封信误交给我老婆啦。

你们说我冤枉不冤枉? 信已拆开,你想当着瞿正宗的面对证,他会承认吗? 唉,想不到我老翟除了当"贼",还当起了花花公子!

如果单是这些,我还不会跳槽呢!

最近,厂里有一个项目和新加坡合资联营,我是技术科的业务骨干,厂里安排我出国考察。从单位交报名单,到上级机关审批,手续一道又一道,也不知道哪个环节上出了毛病,护照发下来一看,我目瞪口呆,上面的名字写的是"瞿正宗",这时出国日期已近,来不及重办护照了,就这样,我失去了这次出国的机会……

"翟"这个姓,使我惹足了麻烦,吃足了苦头。我也知道,换个单位,还会碰上姓崔、姓瞿的,但是至少办公室里不会再有人叫"瞿正宗"了!

常见的姓也闹笑话

朋友老陈讲的故事

我们老朋友常在一起,还真不知道你老翟因为这个姓,惹了这么多的烦恼。但愿姓"翟"的人中啥时能出个明星,把"翟"这个姓叫得震天响,你老翟就有出头的日子了! 其实,少见的姓名生烦恼,常见的姓也会叫人哭笑不得。

我们银行的正行长姓傅,副行长姓郑。有一次工会开总结大会,主持会议的工会主席说:"首先请傅行长说话。"

傅行长知道是请他讲话,但他是正行长,工会主席这样说,听起来像是在称他"副行长",于是便瞪了主持人一眼。工会主席被他瞪得心里发慌,急忙纠正说:"请正行长讲话。"姓郑的副行长知道叫的不是他，但他和傅行长有矛盾，便趁机装个糊涂，给那个姓傅的一点难堪，只见他"霍"地站起来，大摇大摆地往台上走去。姓傅的行长火了，粗着喉咙喝道："怎么搞的！"主持人急得慌了神，急忙大声喊道："请傅正行讲话！"

你们别笑，这个称呼虽然有点别扭，但总算把意思基本表达清楚了。不是吗，是请姓傅的正行长讲话！谁知说来也巧，台下坐着的营业部主任就叫"傅政杭"，他在下面惊奇地嚷道："我有什么好讲的？业务经营的自查情况，不是昨天就向你们汇报了嘛！"

他这么一说，台下顿时一片哄笑。傅行长拂袖离开了会场，郑行长坐在位子上闭目养神，工会主席在台上急得手足无措。

什么？如果你主持，不会有这样的麻烦？称傅行长为"老傅"？不行不行，这样叫的话，郑行长就难以称呼了，他只有三十岁，称老郑，叫得太老；称小郑，出口太狂。主持这样的会，简直是上刀山、下火海！

第二天，工会主席就申请辞职了。

左顾又右盼，只为太当真

朋友老赵讲的故事

你们刚才都在说姓，现在我来说说名吧。饭勺有个柄，做人有个名，按理说名字只是一个代号，只要不重名同姓就行。只怪我们中国人太聪明，造出了这么多的字，想出了这么多的意思，这么一来，麻烦就多了。

我老家在河南的一个山沟沟里，那里叫吴家村，村里有一对夫妻，男的自然也姓吴。夫妻俩日盼夜想，等着抱个大胖儿子。去年春天，妻子真的生了个儿子，丈夫高兴得像弯腰拾了个玉如意。

生下儿子的当天晚上,丈夫喜滋滋地捧了本字典,走到妻子的床边。

妻子好奇地问:"你拿那书作啥?"

丈夫回答说:"我想给儿子取个名。你知道我没读几年书,就想让字典帮个忙。我随意翻开一面,这一面上的第一个字,就是我们儿子的名。"

妻子听了满脸堆笑,连声夸他:"哎哟,你呀,这几年在外面打工,没有白长了见识,脑瓜子还挺聪明哪!"

说着,丈夫就开始翻字典。他闭着双眼,嘴里念念有词,像是在祷告苍天,给他儿子赐个好名。过了一会,他"哗"地把字典一翻,睁开眼睛一看,高兴得跳了起来:"哇,你看,是个'钱'字,我们儿子长大后一定能发大财!"

妻子嘴里念道:"吴钱,吴钱,明明是无钱,哪里能发财?你这个没良心的,这名字不是在要我儿子的命吗?"

丈夫这时也觉得这名字不好,忙劝妻子:"别发火嘛,我再翻一次,行了不?"丈夫又闭起了双眼,嘴里又是念念有词,"哗"地又把字典一翻……

妻子急着问:"啥字?"

丈夫从牙缝里挤出了一个字:"妻。"

妻子气得差点跳起来:"你要让我们儿子长大后无妻?"

丈夫心在慌,手在抖,结巴着说:"再……再翻一次……"

第三次翻开一看,是个"命"字,这就成了"无命",妻子气得脸色发青,差点晕倒。

说来也真像是撞上了鬼,接下来翻到的竟全是无"布"无"粮",无"床"无"屋",无"心"无"肠",最令人恼火的是个"把"字,明明是儿子,还说是无"把"。只有一个字加起来意思是好的:吴癌。无癌,可是能这样叫吗?

　　夫妻俩没法,只好去找村里九十岁的吴老胡子,请他取个名。那吴老胡子曾经教过私塾,学问深着呢,他想了三天三夜,翻遍了家里的古书,最后给那孩取名叫"乾轲"。据吴老胡子说,这名字好得不能再好了,"乾"是八卦之一,代表"天","天"是万贵之尊,万福之源;"轲"是专门用作人名的,古代的大学问家孟子就叫"轲"。

　　夫妻俩一听,十分满意,特地给吴老胡子送去了一只老母鸡。

　　但是,你们听听,这名字会好吗?吴乾轲,"无前科",这小孩长大后,免不了还得吃这姓名的苦头,你们说是不是?

姓名乃符号,自应顺其然

朋友老夏讲的故事

　　一个人的名字,真的是不大好取呢!上个月我出差去四川,在旅店里听说了这么一件事。

　　川东有个甫家坪,那镇上有个小作坊,小作坊里有个小师傅,名字叫甫锁柱。1934年的春天,甫锁柱的老婆生了个儿子,为了给儿子取个又吉利又响亮的名字,甫锁柱东托西求,最后找到了县立中学的校长。这校长在当地算是最有学问的人了,他从甫锁柱手里抱过孩子,仔细地看了又看,凑巧孩子这时肚子饿想吃奶,因此哭声特别响亮,校长心头一动,便对甫锁柱说:"此子啼声高亢入云,将来必成大器,我给他取个名字叫志高,就是志向高远的意思。"甫锁柱听校长说自己的儿子必有出息,心头一乐,千恩万谢,抱着儿子乐颠颠地回去了。从此,这孩子就有了自己的大名:甫志高。

　　自从有了这个好名字,好事接着来。十六岁那年,全国解放,上中专,当技术员,娶媳妇,甫志高整天乐陶陶:自己的生活这么顺当,全是这好名字带来的好运气。

1961年,出了一部轰动全国的小说《红岩》,书里有江姐、许云峰这些英雄,还有一个人人都切齿痛恨的叛徒,他的名字就叫甫志高。

当时甫志高也读了这部书,他想,这不过是个巧合嘛!但到了1966年"文化大革命"开始,甫志高就倒霉了。

有一天,厂里贴出"打倒叛徒、内奸甫志高"的大标语,紧接着,甫志高就被一群"造反队"的青年五花大绑,关进了保卫科的审讯室,他们要甫志高交代自己的问题。甫志高糊涂了:我会有什么问题呢?"造反派"就对他说:"大概你也知道《红岩》这部书吧?书里的甫志高虽然不是你,但是听说你这名字是中学校长给取的,这个校长嘛,我们查过了,历史有问题,曾经跟特务组织有联系,他给你取这个名字,就是要让你当内奸、叛徒,妄想推翻社会主义!"

县里的造反派知道了甫志高的情况,真好比打瞌睡拾到个枕头,因为县委书记是那个校长的学生,在甫志高身上借题发挥,就可以把县委书记彻底打倒,造反派就可以夺权掌印了。

几天后,县里举行万人批斗大会,甫志高被警车押送到了会场,他的父亲、妻子也被勒令前来接受教育。父亲的嘴唇在颤抖,妻子的眼里淌着泪水,甫志高被造反派押着跪在地上,只觉得神志昏昏沉沉。造反派要他交代罪行,他又气又怒又恨,高声叫道:"我有十恶不赦的罪,许云峰是我出卖的,江姐是我杀的,还有,小萝卜头也是被我掐死的……"台下人全都哄笑起来,造反派对着甫志高的头一脚踢上去,他顿时昏了过去……

等甫志高醒来时,已经躺在家中,妻子哭着告诉他:父亲从会场回来,连气带急,跌了一跤,脑溢血死了。甫志高听了,眼前一黑……

你们看,就是因为这个名字,甫志高吃足了苦头。直到1976年,粉碎了"四人帮",甫志高才起死回生,过上了平静的日子。五十七岁那年,他因为身体不大好,就提前退休了,在家种种花草,去公园里打打太极拳,生活悠闲。但甫志高的心里并不平静,想起"文化大革命"他就心惊肉跳,于是便想去改个名;但再转念一想,这个名字毕竟叫顺了,写顺了,用顺了,真去改,心里还真有点说不出的味道。

就在甫志高犹豫不决时,家里发生了一件事。一天,小孙子放学回来,哭哭啼啼地说,老师讲《红岩》里的故事,同学们都骂他是叛徒的孙子。甫志高这一惊非同小可,他想:"文革"结束了,但是,只要《红岩》流传,"甫志高"这个叛徒就会留名百世。这天晚上,他和老伴商量了一夜,决定把自己的名字改成"甫和平"。

第二天,甫志高起得早早的,特地换了一套新衣,真像是重新做人的样子。吃过早饭,他正要出门去派出所,忽听"咚咚咚"有人敲门。

进来的是个大款模样的胖子,是甫志高中学时的同学,名字叫席得乐,听说十年前辞了公职,一直在广州做生意。

两人客套几句后,席得乐就道出了来意:"老甫呀,我这次专程前来,为的是想请你合作,一起发财。"甫志高一听,顿时像跌入了云雾之中:我这么一个退休工人,无权无势无财,能合作什么呢?

席得乐接着便说出了详细计划:他准备在歌乐山"中美合作所"的旧址旁边,开一个"甫志高酒家",高薪聘用甫志高挂名当经理,那些游客参观了革命烈士的遗址,必然会被这独特的店牌吸引,生意一定兴隆。

席得乐越说越兴奋:"老甫,现在呀,名字也是商品,你这名儿,算是取准了。你想想,要是你老哥穿上长衫,在吧台前这么一站,瞧你这相貌,瞧你这把年纪,还真弄不清是真是假呢。现在的人呀,都图个新奇刺激!"

听了这一席话,甫志高呆住了,他做梦也想不到,"甫志高"这名字跟着自己颠簸了大半生之后,现在竟然能够作资本赚钱!甫志高一时拿不定主意,便告诉席得乐,三天后答复。

席得乐在告辞的时候,递给甫志高一张名片,说:"老甫呀,一个好名字可不要浪费了,我当年到广州做生意,也把名字改了,就靠这名字,镇住了一批人,做事就顺当多了。"

等席得乐走后,甫志高一看名片,惊得连气都喘不过来,你们猜"席得乐"改成了什么?改成了"席特勒",好家伙,一个世界公敌!

这天晚上,甫志高一夜没睡,第二天一早起来,就把席得乐的名片撕个粉碎。他不想冒别人的名赚钱,也不去派出所改名了,他就叫甫志高,祖上传的姓,父母取的名,光明磊落,堂堂正正!

几个老友聚在一起,越谈兴致越高,想不到一个人的姓名会惹出这多有趣的烦恼。大家都说:姓名好,是你的福;姓名不好,也不必烦恼;还是应该随遇而安,顺其自然,不必计较。只是巴望社会安定些,如果像甫志高那样被折腾,实在吃不消。最后,老翟也打消了跳槽的念头。

(郑瑾、李实、施敏、谢鑫)

话说"有钱人"

　　金钱,在不同的人看起来就有不同的价值。

话题八

话说『有钱人』

这天下午,"群仙"酒楼午市过后,三个服务员聚在一起,天南地北,海侃神聊,扯着扯着,就扯到了那些有钱人的身上。

有钱也要站得正,坐得稳

刘姐讲的故事

这些年来,人勤了,心活了,钱也挣多了。看我们店里的那些客人,朝朝元宵,夜夜除夕,天天像过年。但有些人,自以为有钱腰板粗,衣角扫死人,其实是绣花枕头一包草。给你们唠个事儿,绝对是真的。

隔壁那爿烤鸭店里，那天来了个客，腰里别个机子，腆胸叠肚，那样子，真像一个喷嚏能吹倒人。为啥神气？有钱呀！他一进门就嚷："喂，来个烤鸭小姐！"嗨，你们听听，"小姐"倒成一盘菜啦！真是三天不漱口，一张臭嘴！

在大堂当班的正是我妹妹，她忍气吞声地拿着菜谱，上前帮他点了几个冷盆，还赔着笑说，"欢迎光临"！

那人点完菜，竟把一只大脚搁到旁边一张椅子上。刚好那椅子套是新换的，特白，他那只汗脚一搁，好嘛，一个大脚印！可他一点不在乎，抽出折扇，一边喝啤酒，一边"忽啦忽啦"扇起来。

我妹妹气得直冒火：那大脚丫子像片仙人掌，挺热的天，臭烘烘的这么一扇，多恶心哪！瞧，旁边几个顾客呛得直咧嘴。我妹妹刚想呛他两句，忽见那个胖厨师在后屋的门边朝她直眨眼。我妹妹忙到后屋，胖厨师说："你没看他大大咧咧的那副德性。你说他，他不和你上火才怪呢！这事儿交给俺啦！"胖厨师是山东人，挺仗义的。

一会儿，我妹妹把胖厨师做好的烤鸭端了上去。那人看看焦黄的鸭子，乐颠颠地伸手就要"开张"。忽然，他不笑啦，脸拉得像个茄子。你猜咋的，原来那烤鸭竟然只有一条腿！我妹妹也愣啦，胖厨师咋做了个一条腿的烤鸭？

那人用筷子挟着，翻过来调过去，也没找到另一条腿，忙冲我妹妹嚷开了："哎，小姐，给我重换一个。快点呀，我买烟回来就吃！"说罢，他出去啦。

我妹妹把鸭子端到后屋，胖厨师在竹帘缝里看了看，马上重换一个。

我妹妹又把鸭子端到大堂，那人买烟刚回来，屁股一坐下，"啪"，那只大脚照旧搁到了椅子面上。他见鸭子换了，没说啥，可等抓起鸭脖刚要撕，忽然脸又拉长了："哎哎，小姐，咋整的，怎么又是一条腿的，啥玩意儿？"

　　我妹妹只得把烤鸭又端回后屋,胖厨师赶紧又换一个,我妹妹一看,还是一条腿的,刚要问,胖厨师努努嘴,使了个眼色,意思是要我妹妹端出去就是。于是我妹妹第三次端上了一条腿的烤鸭。

　　这回那人火啦,猛地蹦了起来:"哎哎小姐,你给我过来,妈巴子瞧我二百五,是不? 你支上眼皮儿瞧瞧这鸭子,干吗给我掰去一条腿?"

　　我妹妹正不知该怎样开口,半截门帘一动,胖厨师像早有准备似的,满脸赔笑走了出来:"先生息怒,实在抱歉,今天的烤鸭都是一条腿的。"

　　"什么,都一条腿?"

　　"可不是,没办法,不信俺领你到后院去瞧瞧。"

　　那人说啥也不相信鸭子会是一条腿的,便随胖厨师去后院。

　　后院有块空地,四周用栅栏围着一群鸭子,因为天热,鸭子有个习惯,全都伸着一条腿。

　　胖厨师指着鸭群笑着说:"你看,这鸭子全都是一条腿,你让我咋给你做两条腿的烤鸭?"

　　那人一瞪眼:"胡说!"随手操起一根竹竿,往鸭圈里一赶,"嘎嘎嘎……"鸭子一惊,全都站起,挤到一角,"哎,我说老山东,你瞧,这鸭子明明有两条腿,你咋说是一条腿呢?"

　　胖厨师往前探探身子看了看,装出惊讶的样子说:"哎哟,鸭子本该是两条腿的呀,那条腿就该放到地上,干吗偏偏搁起来呢,真没规矩! 先生,对不起,俺眼浊,没看清,还以为那条腿残疾了呢!"

　　那人听了,脸红得像挨了巴掌似的,愤愤地扔下竹竿,回到大堂,走到桌旁,"咕嘟咕嘟"喝光了瓶中的啤酒,买了单,就走啦。那只烤鸭,一口没动。

　　打那之后,再也没见那人跨进烤鸭店的门儿。

有钱也得讲个法,论个理

李姐讲的故事

这胖厨师够意思,这番理,论得好。人呀,吃的是盐和米,讲的是情和理。现在有些人,袋里有了钱,眼里没王法,戏台上起年号,自以为了不起,老百姓哪会买你的账!

其实,有了钱,不见得天天都是桃花日,月月都是艳阳天,皇帝也有急难时,八国联军打京城,慈禧太后还逃难呢!

你们知道东街口那个开服装店的钱老板吗?对对,名字是叫钱大发。大概他妈生他时,就指望他钱多家发,这不,真的发了,开了一爿服装店,没几年工夫,果真发得大红大紫,腰里的钱已缠上七位数啦!

这天,钱老板邀几个款爷到我们店里来潇洒。他们要了间包房,点了档好菜,要了箱啤酒,便胡吃海喝起来。喝得正在兴头上,钱老板给尿憋急了,他和大家打个招呼,就匆匆出来方便。

那几天,我们这店方便的地方正在修呢,铁将军把门,还贴了张告示。钱老板没法,"咚咚咚"直奔楼下,去找公厕。

好不容易找到一处公厕,钱老板一摸口袋没有零钱,只得掏出一张一百元的大钞,往收费老头手里一塞,冲进去就想方便。

谁知那老头接过钞票一看,伸出两手一拦,像金刚、铁塔一样,堵住了钱老板的去路:"不能进去!"钱老板又气又急,眼睛直瞪:"怎么,我一百元钱,拉一次尿还不够吗?"老头喉咙粗得震天响:"哼,你别拿一百元来吓唬人,谁知道是真钞票还是假钞票!上次来了个小子,穿得人模人样的,也给了张一百元,哪知是张假钞票,害我赔了九十多元,还被人当笑话!你说,我能让你进吗?"老头横竖不让进,可钱老板却想"猴子爬杆——硬上",老头犟脾气一来,一把将钱老板拦腰抱住。这一抱,就抱出事啦……

（李姐笑得喘不过气,直不起腰,说不出话,两个姐妹开始还听不懂"抱"出了什么事,等到明白后全都笑得直喷泪花。）

一个大老爷儿,闹出了这样的笑话,你们说有多尴尬！笔挺的西裤湿漉漉地贴在身上,鼻子里一股腥骚味。他恨不得扑上去扇那老头几个耳光,可现在哪有这个劲头？一副狼狈相回到我们酒楼,小包房里没人啦,原来几个款友见他好久不回来,就先后走了,只等他结账。

钱老板往收银台前一站,粗声喝道："买单！"小姐很快开出了账单,除去零头,刚好八百。钱老板抽出一张支票,"沙沙"几笔,往台上一丢,转身就走。

我们这店开张不久,收款小姐从没办过支票结账,怕出差错,她不肯收支票。没办法,钱老板只好剥下"金利来"上装,押在柜台上,一脸苦相,去银行提款。

赶到银行,不知这天是什么黄道吉日,取款的人竟排成了长龙！眼下虽是阳春三月,但寒气还浓哪！钱老板排在队伍里,抱着膀子直打哆嗦,排在他前后的人,都远远地避着他,不知是闻到了那股骚味,还是见他穿得怪模怪样,把他当成了神经病！

一个多小时以后,总算轮到了钱老板,他刚把填好的支票递上去,忽然,一个人高马大的青年抢前一步,把存单递到了营业员手里。钱老板肚里的气呀,正如火山爆发："小子,挤啥,几个小钱急着取？"

谁知这小子也不是个等闲之辈,他抓过营业员付给的钞票,"嘶嘶"几声,一下撕了三张一百元,鼻子里还哼出了一声："小钱？小钱哥们不在乎！"

钱老板平时狂惯了,哪咽得下这口气,从营业员刚递给他的三千元里,抽出两沓,掏出打火机,"啪"火苗一蹿,把两千块钱烧了精光,他望着发愣的青年,得意地一阵狂笑："小子,牙没出齐,就想啃骨头？翅膀还嫩着点呢！"

钱老板正在得意，忽然有人拍了拍他的肩膀，回头一看，是两个银行里的人。原来"制止毁坏人民币"的法规刚公布，银行里正愁抓不到典型，这下可好，两人正撞在枪口上！挨训、检讨、罚款，钱老板再也狂不起来了。

这钱老板，出丑就出在没理、太狂，仗着有几个钱，就头上长角，浑身裹刺，"田螺爬上旗杆顶"，好像这个世界就归姓钱的了。不改改这德性，不学点文明样，往后还得出丑！

有钱也需行个善，积个德

赵姐讲的故事

要说那些有钱人，可真是吃瓜子嗑出个臭虫，啥人（仁）都有呀！我家孩子的那个学校，教育质量倒不错，可就是条件太差。这次校庆，请来了不少客人，开完会，食堂里摆了一桌。请谁？董事长、总经理、大厂长，一共请了九个。

那个学校的校长姓汪，再过三个月就要退休啦，那天还下着雪，汪校长站在食堂门口等着，把九个财神菩萨接到了食堂里。

人都到齐啦，汪校长说了几句客套话，大款们就开始边吃边聊，说话之间，九个大款九个大哥大，"嘟嘟嘟"、"滴滴滴"、"唧唧唧"，这个刚停，那个又响；这个拿起，那个放下，热闹死啦！

汪校长请他们来，可不是听大哥大叫的，这不，他开口了，说话的意思是学校经费困难，请大家为教育慷慨解囊。

他这一说，大款们都像秋蝉落地，哑了，有的想捐，有的不想捐，可全都不想第一个表态。

正在憋得难受的时候，食堂门口来了一个人。那人四十光景，瘦长个子，穿着一件过时的夹克衫，一看就知道是个土里土气的平头百姓。他见了汪校长就跑上去,毕恭毕敬地站到面前,说:"汪校长,你还认识我吗?"

汪校长摇了摇头:"我实在记不起来了。"

那人说:"我是八〇届的,同学们都叫我'豆芽菜'。"

那个豆芽菜,为了参加校庆,从外地匆匆赶来,饭都没吃呢。汪校长一听,硬着头皮搬来一张椅子,把座位挤一挤,让豆芽菜坐在大款们中间。

这一下可惹麻烦了,和豆芽菜挨着坐的,是晨光服装厂的梅厂长,这人场面见得大,生意做得大,脾气生得大。他想:老子赴宴,身旁坐过局长、歌星、外国老板,啥时坐过这种"豆芽菜"!火气一冒,便大大咧咧地开了口:"汪校长,你说捐资助学,小事一桩,不过,我们生意人讲究个有来有往,这样吧,今天高兴,不妨开个玩笑,我斟你一杯酒,你喝了,我捐一万;你喝多少,我捐多少,怎么样?"

你们看,他有多狂,真像吃了驴肉发马疯。汪校长平时是从不喝白酒的,可这回为了学校,千斤牯牛,也只得低头喝水。他把空酒杯往梅厂长面前一放,"得儿——"杯里倒满了酒,汪校长二话没说,端起酒杯喝个精光,接着第二杯,第三杯……汪校长直喝得面孔涨红,眼睛通红,脖子血红。

喝完第五杯,梅厂长正要再倒时,忽听一声"慢",豆芽菜开口了,他对梅厂长说:"今天高兴,我也想开个玩笑,我喝三杯,你喝一杯,看谁先趴在桌子下。"

八个大款都想看热闹,一个劲地鼓动着。梅厂长当真和豆芽菜对喝起来,一旁的大款有的斟酒,有的点数,有的起哄……

豆芽菜喝了二十四杯,仍旧面不改色,可梅厂长支撑不住了。这时,正巧他的大哥大响了,便醉醺醺地听起了电话,听着听着,梅厂长脸色都变了。

原来,最近,他们晨光服装厂找上了一家大公司,叫东方服装公司,那是一家赫赫有名的私营企业,可刚才供销科长来了急电,说是送去的第一批货不合格,东方公司要退货,他要梅厂长赶紧和东方公司的总经理俞金龙联络,可梅厂长还没有和俞总见上面,好不容易只弄到了俞总的一个大哥大号码。

梅厂长酒吓醒了一半,手忙脚乱地从口袋里掏出一个小本子,翻起了电话号码。他正在火烧眉毛哪,可那个豆芽菜不识相,转过身来对梅厂长说:"你还欠我两杯酒呢!"

梅厂长火气正旺,破口就骂:"欠你个大头鬼!"骂完,他懒得再睬豆芽菜,操起大哥大,"嘀、嘀、嘀……"按起了号码。

就在这时,"唧唧唧——"酒席上响起了大哥大的鸣叫声,八个大款竖起耳朵一听,这声音不是他们的大哥大发出来的,大家你看我、我看你,正在奇怪,只见豆芽菜从裤袋里一掏,嗨,他竟然也掏出了一只大哥大,大款们一看呆了,这大哥大体积只有香肥皂那么大,小巧玲珑,连见都没有见过!

那豆芽菜一拿起大哥大,完全是大款的架势:"喂,哪里?"

"我是晨光服装厂的梅一观,您是……"梅厂长眼睛瞪得像电灯泡,舌头拖出三尺长。为啥?原来,和他在电话里通话的人,就是坐在身旁的豆芽菜,豆芽菜竟然就是东方服装公司的俞总!在座的八个大款全都目瞪口呆,梅厂长恨不得找个地洞一头钻进去。他放下大哥大,站到豆芽菜面前,结结巴巴地说:"俞总,我刚才喝多了酒,您别介意,那批货……"

豆芽菜把大哥大往裤袋里一塞,冷冷地说:"梅厂长,我对你们厂,缺少兴趣!"

这时,汪校长起身往外走,豆芽菜看他摇摇晃晃的样子,连忙上前扶住了他。汪校长要上厕所,外面还下着小雪,豆芽菜扶着他穿东拐西、七转八弯,走了好长一段路,才找到了操场角落里的一个小厕所……

汪校长从厕所里出来后,豆芽菜扶着他,一边走,一边问:

"汪校长,现在学校有多少学生?"

"二千一百多。"

"全校有几个厕所?"

"十个,都是这样的小厕所,唉,学校没钱啊!"

豆芽菜好像是自言自语,又好像是说给汪校长听:"课间十分钟,就算一半学生上厕所,也要一百人用一个厕所……"

汪校长听了,默默地叹了一口气。

豆芽菜说到这里,动了感情,他说:"那年,我读初一,一次下课后,正急着要上厕所,不料被老师叫住谈话,谈了五分钟,我跑到厕所,同学都在那里等,轮到我,上课铃响了,下一堂课是体育课,体育老师特别凶,大家都不敢迟到的,我就在厕所旁哭,是你陪着我去上课的……那天,也下着小雪……"

汪校长眼睛渐渐亮了:"哦,我想起来了,是有这事……"

两人回到食堂,九个大款全都走了,汪校长对着那堆乱七八糟的杯碟盘碗,呆呆地站着,好久好久,才说了一句话:"我喝了梅厂长的五杯酒,五杯哪!"

豆芽菜说:"酒席上多戏言,你别指望他了。"说完,他从口袋里掏出一张纸,那是一张二十万元的限额支票,他把支票递给了汪校长,说:"汪校长,造两个厕所,大一点的,别难为了学生……"

那个豆芽菜当天就走了。后来,这事就在学校里传开了。昨天,我家孩子放学回来,挺高兴的,我问啥事,他说学校造了两个又大又漂亮的厕所,现在下课上厕所,用不到再排队等啦!

你们看,都是有钱人,那姓梅的,有钱无德,钱再多,也不过是生意上的一个势利小人;可那俞总,有钱、有心、有情。刚才刘姐说的事,是叫那些有钱人讲理;李姐说的事,是说有钱人要守法;我说的事,是说有钱人要行善。讲理、守法、行善,就是有钱有德啦!

(陈庆恕、宋克勇、黎连)

话说"真诚"

像你希望别人对待你那样对待别人。

话题九 话说「真诚」

俗话说,"人心换人心,八两兑半斤",讲的就是"真诚"二字。这天,老赵、老汪和小刘在办公室里言来话去,感慨万分地说起了这个话题。

夫妻互敬互爱,需要真诚

老赵讲的故事

人和人相处,就讲个"真"字,重个"情"字,你给我个初一,我还你个十五;你敬我一尺,我敬你一丈。公事、私事、社会、家庭,都是这个理。这几年大家都在议论"妻管严",要说我们男人,长短是根棍,大小是个人,不怕官,就怕管,老婆这么一管,男人就被逼上梁山了!

我们里弄里有个陈阿姨,是陈家的一家之主,丈夫是个小学老师,是个地地道道的"妻管严"。

那天陈阿姨下班回家,看见丈夫弓着腰,靠着邻居张桂花的后院门,正对着门缝往里看。这个张桂花,她丈夫长年在外边跑运输挣钱,她熬不住寂寞,暗中和别的男人勾勾搭搭。现在,陈阿姨见丈夫这个样子,便跑上去喝道:"你在看什么?"

陈老师慌忙直起腰,吞吞吐吐说:"我看家里的衣服有……有没有被风吹到他们院里。"说完,陈老师尴尬地回到了屋里。

陈阿姨见丈夫鬼头鬼脑,顿时起了疑心。这时,隔壁的快嘴刘阿婆走了出来,偷偷告诉陈阿姨:"我已经几次看到你丈夫在这里东张西望的。这事我得提醒你,死寡好守,活寡难熬,别让那骚货占了你丈夫的心!"

陈阿姨心想:我家那口子,被我管得服服帖帖的,每月工资全部上交,那脑袋都拴在我的裤带上了,今天难道是吃了豹子胆?不过,刚才丈夫的样子是有点可疑,刘阿婆这么一提醒,陈阿姨就多了个心。

当天夜里,陈阿姨安顿儿子睡着后,便和丈夫在客厅里看电视。她发现丈夫越来越不对劲,乱了心,走了魂,不停地看墙上的挂钟,陈阿姨越看越疑心,便推说身体不舒服,回到房里,躺到床上,竖起耳朵,听着客厅里的动静。

一会儿,陈阿姨听见丈夫关了电视机,开了大门,溜了出去,她连忙跳下床,偷偷跟在丈夫后边。只见陈老师轻手轻脚,走到张家后院边,打着手电,抱起一块大石头,垫到后院墙脚边,踩着石块,就要翻墙过去。

陈阿姨再也按捺不住,冲上前去,一把抓住了丈夫的腿,粗着喉咙说:"看你这猴急的样,张桂花约你几点钟上床?"

陈老师支支吾吾地说:"不是,是……"

"快说,到底是不是? 不然我就喊人啦!"

陈老师吓得连连摆手:"别、别喊,你听我说。"

到这个时候,陈老师才无可奈何地说出了事情的真相。原来,今天中午,陈老师在二楼阳台洗衣服,口袋里的两张"伟人像"忘了摸出来,被水浸湿了,他就摸出湿钞票,放在阳台的栏杆上,晾完衣服正要拿,不料一阵风吹来,钞票飘到了隔壁张桂花家的后院,落在那棵九里香树的枝叶里。陈老师当时就想翻墙进去,又怕被人误解,只得贴着门缝,提心吊胆地看了几次,打算晚上翻墙进去。

陈阿姨一听,气得直翻白眼:"坐得正,站得稳,哪怕和尚尼姑合板凳。如果真的丢了钱,就该堂堂正正叫张家开门,为什么像做贼一样半夜翻墙?"

陈老师苦着脸说:"我是怕你知道,这钱……"

"怎么? 嗯?"

陈阿姨的声音像惊天霹雳,陈老师只得老实坦白:"这两百元钱是学校给我的教学科研奖金,我爹娘一大把年纪了,最近又都生了病,这钱我想给他们买点吃的……"

你们看,这陈家两夫妻,在一个屋檐下过日子,都十多年了,可还像在戏台上演戏,心里话不敢明说,正大光明的事不敢明做,结果闹出误会。都亏及时说清了,不然真要闹出什么大风波来。嘿,人啊,难的就是拿一个"真"字,换一个"诚"字。

视邻里为陌路,缺乏真诚

老汪讲的故事

你说的是对夫妻,我来讲两个邻居的事。

我们那幢楼的五楼,住着两家邻居,一家姓赵,男的是个作家;一家姓李,男的是位会计。两家门对着门,相处了十多年,表面上客客气气,心里都缺少真诚,人情一把锯,你不来,我不去,邻居做了这么多年,他们连对方的姓名、单位都不知道。

老赵有个女儿,高中毕业后没有考取大学,在家里待业。老赵想帮女儿找工作,可他无钱无权,无门无路,没有熟人牵线搭桥,任凭愁断肠、跑断腿,也是白搭。

后来,一家赫赫有名的外资企业招收管理人员,老赵的女儿也去应聘了,经过笔试、面试,最后录取名单将在"红玫瑰"宾馆"拍板"。这是外国老板为了防止"开后门"想出的办法,他包了几个房间,切断与外界的一切联系,进出口都有专人把守,名副其实的"全封闭"。唉,这又不是国家招生,只要条件差不多,张三、李四,还不一回事?

那时,老赵急得像热锅上的蚂蚁:能够和负责招聘的人员接触的,只有宾馆的人,而老赵平时交际不广,朋友不多,认识的人中,没有在"红玫瑰"工作的!

乌龟爬门槛,就看这一翻。眼看再有两天就要"开包",老赵急得火烧眉毛,他绞尽脑汁,突然想起有个小学时的同学,或许认识的人多些,病急乱投医嘛,他马不停蹄地找到了那个多年不见的同学。说明来意后,那同学说:"哎哟,红玫瑰里我也没熟人,不过,让我想想……对了,我有个朋友,这人神通广大,找到他,没有办不成的事!"

说去就去,那同学陪着老赵找到了那位"路路通",那人知道来意后,眼睛眨了眨,便痛快地说:"红玫瑰宾馆? 有朋友在那里!"他操起电话就和那人联系:"喂,我有个朋友有点小事要麻烦你,好,你在家里等着,我们马上就来。"

这时,天都已黑了,老赵心想:这么大的事求人家,总不能空着两手呀! 他掏空了口袋里的钱,大包小包买了一大堆,三人拦了一辆出租车,赶往那家。

出租车在那"路路通"的指点下,穿大街过小巷,左拐右弯,转来转去,兜得老赵晕头转向。车子在一个单元前停住了,老赵钻出汽车眨了眨眼,东张西望了一阵,问:"那人就住在这楼里?""嗯,怎么啦?""没什么,没什么。"

三人喘着粗气爬到了五楼,他们敲响了501的门,门"吱呀"一声开了,开门的人对着手提大包小包的老赵说:"下班啦?"一旁的"路路通"瞪大眼睛,问:"怎么,你们认识?"老赵哭笑不得地说:"我就住在他对面502,我们是邻居哪!"

老李就在红玫瑰宾馆上班,四个人全都捧着肚子放声大笑。

半个月后,老赵的女儿拿到了录取通知。你们看,这老赵、老李就在对门住着,现钟不打,反去炼铜,你说好笑不好笑?现在有些人,就是不能真诚待人,楼高了,情薄了;路宽了,心窄了;人在对面,心隔千里,这样的邻居关系,在我们大城市里还很有代表性哩。

孩童纯洁无瑕,最为真诚

小刘讲的故事

有些人活在世上,就像在舞台上演戏,年纪越活越大,演技越来越高明,戏演得越来越真,人变得越来越假。还是那些小孩,心地最纯洁。

给你们说件事。我这个人呀,好奇心特别强,最爱模仿别人的样,而且要么不学,一学就像。

有一天,朋友小王摔坏了腿,要我替他做一根拐杖。我做好拐杖,就趁礼拜天给小王送去。一路上,拿着一根拐杖不太方便,我干脆把拐杖往胳肢窝下一撑,学起了跷脚,我一跷一跷地走着,嗨,还真像个瘸腿呢!

正在这时，从弄堂里走出一个戴红领巾的小姑娘，她见我走路艰难，还背着包，就蹦蹦跳跳地走过来说："叔叔，您的腿不好，我来帮您背包吧。"

你们看，小孩子到底是小孩子，她把我这个假瘸腿当成真残疾了！这时，我十分尴尬，我总不能当着小姑娘的面，拆穿自己的西洋镜吧？正在我犹豫的时候，小姑娘早就一手拿过了包，一手搀住了我，问："叔叔，您上哪儿？"

"我乘轮渡过江。"

小姑娘一听，开心地笑了："我们正好同路，我送您过江。"

没办法，弄假成真，我只好把戏演下去了。看着这可爱的小姑娘，我说："小朋友，你今天学雷锋做好事，明天老师可要表扬你喽。"

那小姑娘摇摇头说："不，叔叔，老师说，全社会都应该关心残疾人，我们做好事不是为了图表扬。"

我的脸烫得火辣辣的，我真不是东西，怎么竟然装起了残疾人，在这个纯洁的小姑娘面前，我简直无地自容。但是我又没有勇气说明，只好希望快点到渡口，快点和小姑娘分手。

渡口到了，可渡轮却刚刚开出，只好再等一班。那小姑娘见我好久没说话，以为我累了，便东张西望地要给我找个地方歇歇。

渡口有一只石凳，有个中年男子坐在那里看报。小姑娘走过去对他说："大伯，这位叔叔腿不好，让他坐一会，好吗？"

那中年人朝我打量了一下，收起报纸，连声说："好，好！"说着，两手往背后一伸，拿出两根拐杖，往胳肢窝里一搁，双手一撑，拄着拐杖，吃力地站了起来，热情地对我说："同志，你来坐！"

天哪，他竟然是一个真正的残疾人！

我羞愧难言，平时的机灵劲不知到哪里去了，喉咙口像塞了个胡桃核："你……你坐，你的腿……"

"我们不是一样的嘛,再说,我已经坐了好长时间了,也应该活动活动了。"

那小姑娘搀着我说:"叔叔,您坐吧,坐一会再让这伯伯坐,等船来了,我一只手搀一个,扶你们上船。"

那中年人连声道谢,他对我说:"咳,同志,你感觉到吗,这几年,社会风气好多啦,前些年,我在前面走,后面孩子跟着,学我的样,一边跷,一边唱:'阿跷,阿跷,你慢慢地跷……'唉,拿残疾人的生理缺陷开玩笑,真是作孽哪!"

他的话,像巴掌一样打在我的脸上,我再也坐不住了,猛地站起来,说:"同志,你来坐,我去看看船来了没有。"我慌乱地撑起拐杖,朝江边走去。

正在这时,那小姑娘惊叫起来:"叔叔,你的腿怎么啦?"

我一看,头"轰"地一下晕了,糟啦,慌乱之中,我竟然跷错了一条腿!我连忙将拐杖调过来,谁知道就在这换脚的时候,由于我心慌意乱,竟一脚踩空,仰面朝天,从台阶上摔了下去,等小姑娘和周围的人七手八脚把我扶起来时,我只觉得右腿钻心刺骨般的痛,看来这次我是真的骨折了。

不过,此刻我右腿虽然很痛,心里倒轻松了:好啦,这一下用不着再装啦,在小姑娘面前,我这个瘸腿,是真的啦!

(傅东海、郝荫柏、丰国需)

话 说 " 打 工 "

出门打工，既凭本事，也凭力气，有时还得靠运气。

话题十

话说『打工』

一天中午,湖南株洲火车站的候车室里人头济济,热闹非常,南来北往的打工仔、打工妹,坐的坐,站的站,躺的躺。有走南闯北的"老江湖",有初次出门的憨小伙,有独身一人的山里娃,有结伴而行的村里妹……他们聚在一起,津津乐道地说着"打工"的话题。

打工要吃得起苦和累

湖南石门打工仔讲的故事

出门打工,凭本事,凭心机,凭力气,有时还得靠运气。运气不会天天有,也不是人人碰得着的,谁知道今天出门,哪天能打到工,可你还得去闯啊。说实话,家里也不是揭不开锅,靠山吃山,靠水吃水,谈不上小康,温饱还是够得着的。可闲在家里,不如出去闯闯世界,碰碰运气,说不定还能混上一个"金饭碗"呢!

要说运气,我们村里那个"臭狗儿"真的是福星高照。臭狗儿上个月到城里打工,可这小子一没文化,二没手艺,三少力气,谁会要他? 过了三天,钱花光了,没办法,只好回家。

臭狗儿闷闷不乐,经过一个厕所,忽见一群人围着粪池看热闹,挤进去一看,一个女人正在哭哭啼啼,一打听,才知道这女人刚才上厕所,不知怎么搞的,脖颈上的金项链掉进了粪池。那女人一边哭一边喊:"谁帮我捞起来,我重金酬谢!"

臭狗儿心想:嗨,我正想打工,活儿倒送上门来了! 他在人群中挤呀挤,挤到了那女人的面前,说:"我捞!"

那女人看他赤手空拳,便问:"你怎么捞啊?"

臭狗儿连想都没想,满不在乎地说:"跳下去捞呀!"

周围的人一听,全都大笑起来,你们想想,这臭气冲天的粪池,站在边上还嫌恶心,这小子真是要钱不要命啦!

臭狗儿不顾众人说三道四,"哗啦"脱去了衣裤,只穿一条短裤,神气活现地看了看大家,"扑通"一声,跳进了粪池。他先是用脚打探,没碰到项链,只得一咬牙,憋住气,一头钻进粪水中,用两只手去摸。一池的粪水被他这么一搅动,臭气直冲,大家都捂着鼻子连声骂他:"财迷心窍!"

嘿,老天有眼,臭狗儿举起了左手,手里抓的是一串金光闪闪的项链;突然,他又举起了右手,手里捏的竟是一块"罗马"金表!

大家大眼瞪小眼,连声称奇,都说臭狗儿运气好。其实,臭狗儿的好运气还在后头呢。

臭狗儿去厕所里冲洗了半天,出来时身上还是臭烘烘的。那女人接过项链,给了臭狗儿一百元酬金,千恩万谢地走了。项链归还了失主,可那罗马金表却不知是谁丢的,有人在一旁说:"兄弟,这是老牌金表,你发大财啦!"

臭狗儿听了毫不动心,说:"管它金表还是银表,不义之财,送我,我也不要。有人认领,给一点辛苦钱就够了。是我自己挣的,拿了心不虚!"

大家都静静地看着臭狗儿,心里都有几分敬佩。没有人上前认领,即使有人想冒领,也被臭狗儿那一身正气镇住,不敢跨出半步。

臭狗儿就这么等了好久,后来等不及了,你猜怎么着,只听见"咚"的一声,臭狗儿随手将金表扔进了粪池,他说:"等有人来认领,再捞也不迟,反正这活没人愿干,是我的'专利'!"

臭狗儿正要回家,忽然从人堆中走出一个西装革履的中年男子,他拦住了臭狗儿,问:"兄弟,你想找工作吗?"

"我……我想打工。"

"你跟我来,像你这样忠义的人,我正愁找不到哩!"原来这中年男子是一家公司的总经理,正巧上厕所,看到了刚才的一切,顺手"捡"了一个"忠义之士"!

臭狗儿找到了最适合他的工作,现在,他是那家公司的门卫:把门将军!

打工切不可使坏心肠

河南淮阳打工仔讲的故事

嗨,这臭狗儿运气是好。不过,他也算得上是个人才,肯帮人,不怕脏,不贪才,这样的人,到哪儿打不到工?

去年我在哈尔滨打工,听说了这样一件事。有个人叫殷洪生,外号叫"瘦猴",他在松花江边打工。松花江是旅游、避暑的好地方,却常有人不小心在这里落水送命,殷瘦猴就在这里捞尸,捞一具尸体,向尸主收一笔捞尸费,一个夏天过去,少说也捞上个万把元。你们看他这个打工,打得绝不绝?

这天,殷瘦猴又捞起了两具尸体,是两个年轻人,一个黑皮肤,是个乡下人,一个白皮肤,是个城里人。

一会儿,一个老头来认尸,殷瘦猴认识那老头,他是附近张庄的,常来松花江边拾破烂,张老头拿不出两千元捞尸费,殷瘦猴不让他把儿子尸体领走,张老头没法,只得哭哭啼啼地去借钱。

又过了一会,一个大款模样的人来认尸,他是龙达公司的钱经理,死者是他的儿子。殷瘦猴开口要两千元捞尸费,大款二话没说,便叫随同来的女秘书付款。谁知女秘书没有带足钱,大款正要叫她回去拿,腰上的 BP 机响了,原来是一位非常重要的客商从香港赶来,公司要他马上回去。

大款正在为难,殷瘦猴凑上去说:"钱经理,您有事尽管去办,我的家离这里不远,过一会,我找辆车子将贵公子的尸体搬到我家保管,您放心好啦!"说完,他把不远处自己的家指给钱经理看。

钱经理感动呀,说好明天带款来取尸体,便匆匆走了。这时,殷瘦猴高兴得差点笑出声来:这家伙是公司的经理,我也不要这两千元捞尸费了,只要把人情做足,到时候开口,到他公司打工去,他肯定会同意。

殷瘦猴一把年纪,却还是光棍一条。这天夜里,他喝了大半夜的酒,躺到床上,一个接一个地做好梦,梦里被一阵吵闹声惊醒,睁开眼睛一看,天已大亮,那个大款带着一帮人赶来了。

殷瘦猴连忙陪着大款来到客堂,一看吓得魂都没了,大款儿子的尸体不见啦!屋前、屋后翻了个遍,还是找不到,后院里的"黑皮肤"还在,就是找不到白皮肤的尸体!

大款一把揪住了殷瘦猴,怒气冲冲地质问道:"你这个不讲信义的流氓,你想藏起尸体来讹诈我?"

殷瘦猴吓出一身冷汗,赌咒起誓,大喊冤枉。但是,尸体到底在哪里,大家都弄不懂。

突然,殷瘦猴一拍脑袋,叫了起来:"我知道在哪里了!"他把自己的猜想告诉了大款:一定是那个张老头,因为交不起捞尸费,只得夜里来偷尸,慌乱之中,把尸体调错了。

大款一听,觉得有理,带了众人,开了车子,直奔张庄。到了张老头的家,两间土坯房,板门锁着,一帮人破门而入,不见张老头,也不见尸体。

这事成了"无头案",直到三天后,大款儿子的尸体才在松花江的下游漂了起来,同时漂起来的,还有张老头的尸体。原来,正像殷瘦猴估计的那样,张老头迫于无奈,夜里来偷尸,黑暗之中竟把白皮肤的尸体搬走了。一路上,张老头想到自己穷困潦倒,连儿子也难以安葬,一时想不开,抱着"儿子"的尸体,跳下松花江一起"水葬"了。

两具尸体捞上来时,因在水里时间太长,鱼咬水浸,早已不成人样。大款一怒之下,一张状纸把殷瘦猴送上了法庭。这家伙到底被判了几年,我不清楚,但蹲班房是肯定的。可笑这家伙,打工打工,却把自己"打"进了牢房!

要真诚待人赢得信任

一个去广州打工的女大学生讲的故事

像殷瘦猴这种人,素质太差,哪个老板用他,都会倒八辈子大霉。我们打工的,也应该讲究点做人的道德,勤勤快快打工,老老实实做人。

我有个朋友,高考落榜,憋了一肚子的气,玩了一年的电脑,听人说南方遍地是黄金,便南下广州打工去了。

到了广州,看到街上贴着一张告示,原来是一家跨国电脑公司招聘高级管理人员,要求很高,薪水也高得吓人,你们猜多少?月薪一万元。我那朋友二话没说,壮起胆子找上了门。

结果是,三千人应聘,经过层层筛选,最后只剩下十个,那朋友连闯几关,一路顺风,竟然没有被淘汰。

最后一关是总经理出题。总经理说:"我这次招聘的是高级管理人才,具体工作是对公司的管理情况作出客观评价,确保公司决策的正确性。现在我给你们每人一台电脑,希望你们用它对公司的发展进行一次整体策划,三天后将设计软件交来,我将择优录用,确定聘用的人员。"

那朋友捧着电脑回到旅馆,方便面充饥,夜里当白天。谁知他倒霉透了,他领的那台电脑,竟然出了故障,随你怎么摆弄,指令就是无法输进去。他打电话找那个总经理,总经理不在;找别人,别人不管。那朋友突然明白了:这台电脑被人做了手脚,这样就可以"光明正大"地开后门,录用自己的亲朋好友。我那朋友死了心,心灰意懒地睡了三天三夜。

到了第四天,十名应聘的人按时到了公司。只见九个都喜气洋洋,交上了他们设计的软件,只有我那朋友哭丧着脸,灰溜溜地站在一边。

总经理将软件推进老板台上的电脑里,看着大屏幕上显示的内容,不停地点头,连声说好。看完九盘软件,总经理走到我那朋友面前。我那朋友满脸通红,结结巴巴地说:"我……我的任务没完成,电脑出故障了……"

总经理笑着说:"我们公司的电脑是世界上最先进的,怎么可能出故障呢?你们其他先生,有没有遇到类似情况?"

大家你看我、我看你,全都摇头。

我那朋友就是不改口:"总经理,我那电脑确实无法使用。"

这时,总经理回到老板台后,面对着十个应聘者,说:"我代表公司通知诸位,这次招聘录用的是马小云先生。"

马小云就是我那朋友。其余九个人一听,全都傻了眼,他们不甘心,气呼呼地询问落选的原因。

总经理一笑,说:"这十台电脑我做过处理,是没法使用的,这就是说,你们的设计软件,都是借别的电脑完成的。你们连这么一句真话都不敢说,以后怎么能监督公司的工作呢?"

那九个人羞红了脸,灰溜溜地走了。就这样,我那朋友在这家公司打上了工。这可不是一般的打工,连一天三餐,都是和总经理在一个桌子上吃的呢!我这次去广州打工,就是他介绍的。

不能黑了良心赚黑钱

湖北鄂州打工仔讲的故事

你那朋友说了实话,捧上了饭碗;我呢,为了说实话,只得摔饭碗。

我今年四月下岗后,摆摊,踏三轮车,贩水果,啥活都干过,后来,朋友介绍我到一个录像厅去打工。我干的是电工。上班第一天,负责卖票的徐姐告诉我,录像厅生意很好,特别是标准情侣厅,二十张双人雅座椅,白天黑夜场场爆满,有的人连看几场,甚至通宵。徐姐说着,一双大眼睛看了看四周,小声地说:"咱们都是给老板打工的,遇事要用点心思。"

徐姐的话像雾里看花,忽明忽暗,我也不好再追问。我回到电工房,刚坐下,就听到"嘶嘶"的声音,一检查,是第一分开关断了,这线路正是通向情侣厅的。出于对工作的负责,我先跑到情侣厅打招呼:"各位,对不起,保险丝断了,我马上接,请大家稍等。"

话音刚落,从黑暗角落里传出一个瓮声瓮气的声音:"你去接就是了,何必来啰唆,真是脱裤子放屁!"四周响起一阵哄笑,我十分尴尬。

奇怪的是,电工房里竟然没有保险丝。我去找徐姐,她从抽屉里拿出一小段给我。我说:"这保险丝太细。"徐姐说:"我们一直是用这号保险丝的,你别管它粗细。"

没办法,我只好接上这细的保险丝。不出我所料,二十分钟后,保险丝又断了。简直是胡闹,这里负荷大,应该用大号的!

我刚接完保险丝,正好经理腆着大肚子走进来,我就立即向他说了我的想法。经理打了个哈欠,瞪着一双三角眼说:"没必要,要是你用大号的保险丝,烧坏我其他的设备,我就炒你的鱿鱼! 还有,你每次要的保险丝向小徐领,用多少领多少,绝对不能多领!"我从来没有遇到过这样小气的经理,连一根保险丝都这样斤斤计较。

上班的第一个月,录像厅营业正常,虽然保险丝常烧断,断断续续常停电,但收入不错,工资、奖金比原单位多两倍。但我担心,经常这样,迟早会失去观众的。

有一天,保险丝又断了,录像厅里一片漆黑,我找徐姐拿保险丝,她不在,等了十多分钟,还是没来,一气之下,我干脆不管了,跑回电工房,关上门,打开一瓶酒,喝着喝着,不知不觉睡着了。醒来一看表,糟啦,我足足睡了一个多小时,要是经理知道这事,我就得卷铺盖滚蛋了!

我匆匆奔到情侣厅,推开门,掏出打火机,借着火光一看,我惊呆了,漆黑一团的厅里,照样座无虚席,一对对情人有靠在一起的,有抱作一团的,有吻得热火的,明眼人一看就知道,其中大多都不是正常的情人。

我刚走出情侣厅,正好碰到经理,他笑着和我点点头,若无其事地哼着歌走了。我终于明白了经理在保险丝上这么小气的原因:这些人到情侣厅,其实是醉翁之意不在酒。保险丝烧的次数越多,厅里漆黑一片的时间越长,他们越是"如鱼得水"!

月底发工资时,我意外得到了一笔奖金。我拿着这笔奖金去找经理,对他说:"这钱我不要,我需要的是正常的收入、正常的工作。"

经理像看外星人那样瞪着我:"我看你这个人倒有点不正常!"

我毫不让步:"不正常的是你!这样下去,录像厅要变成色情服务厅了!"

经理恼羞成怒,冲到我面前,"啪"竟然伸手打了我一个耳光。

两秒钟后,"啪"又响了一声,那是我打了经理的耳光,我将手里的钞票狠狠地甩在他的脸上,转身就走。

我辞职不干了!

有人说我们打工的,是"垃圾工",只要有钞票,脑袋捂在裤裆里也愿意。呸,我们也读过书,受过教育,别门缝里看扁人,钱挣得少点不要紧,黑了良心可不行。什么,你问我再上哪儿去打工?重庆,新的直辖市。上海是龙头,重庆是龙尾,龙尾巴一翘,经济建设的劲足着呢!在那里,会没有我们打工仔的用武之地?

（吴天、吴祥、陶文进、林永炼）

话 说 " 好 人 "

一颗好心抵得过黄金。

话题十一

话说『好人』

　　上海"广福里"一带，都是些石库门老房子。这天吃过晚饭，尽管房里装着空调，居民们也都搬一张躺椅，泡一杯清茶，打一把蒲扇，聚到弄堂口乘凉，谈天说地，其乐融融。谈啥？老百姓自有谈不完的话，但"好人"和"坏人"，似乎是他们永恒的话题。

天下好事好人做

　　退休老师"老扬州"讲的故事

　　不怕没好事，就怕没好人；一个好人就是一杆旗，就是一爿天哪！我是教书的，就说说读书的事。

　　我们老家那儿有个小镇,小镇上有个豆腐店,开豆腐店的是个寡妇,叫杨三桂。闹"文革"的时候,豆腐店停了,杨寡妇被当作资产阶级,三天两头挨批斗。批斗得最起劲的人叫周有贵,这家伙为了图个积极分子,好和那些"造反派"一起吃肉喝酒,竟忘了杨寡妇的恩。啥恩?这一年到头,他家大人小孩,白喝了杨寡妇多少豆浆哪!乡亲们背后都骂周有贵忘恩负义,还是周有贵的老婆懂情理,暗里让三个儿子都认杨寡妇"亲娘"。

　　好有好报,恶有恶报,一天夜里,周有贵喝醉了酒,跌到水塘里淹死了,周有贵的老婆是个没有主心骨的女人,见丈夫一死,料想难以撑起这个家,竟也悬梁自尽了。这一来,周家的三个小子全成了孤儿。杨寡妇看了心酸,她使开三头六臂,养活了三个孤儿,一个接一个,送去上学。春夏秋冬,甜酸苦辣,啥滋味都尝了,后来总算草窝里飞出金凤凰,周家老大考上了北京大学。你们想想,山沟沟里的穷小子,要到北京去上学,谈何容易,那时还没有"希望工程"呢!

　　杨寡妇瞒着周家的儿子,一个人到了县城,她使出了戏台上百姓见官的手段,拦住了县长的车,当街一跪,这架势,像是出了啥冤情一样。街上的人"哗"地围个水泄不通,县长下车,接过杨寡妇高高举起的纸片,一看不是状纸,也不是血书,而是盖着北京大学鲜红大印的录取通知!

　　县长听完杨寡妇的话,眼珠子都湿了:这可是"文革"后全县的第一个状元呀,县里再穷,也不能委屈了这孩子!县长扶起了杨寡妇,还用自己的车把她送回了家。

　　当天夜里,县里开了会,干部们凑了一笔钱,总算把县里"文革"后的第一个大学生,送进了北京城。

　　两年后,周家老二又考上了大学,而且又是全县的高考状元。他懂事:大人有个大脸,小人有个小脸,庙里菩萨还有个泥脸,不能为了自己读书,让娘下跪丢脸!他把录取通知书偷偷埋在菜地里,每天对着那浮土出神。杨寡妇看见周小二浇菜地时,总有一小块不浇,扒开一看,那张通知书差点就要烂了。这当口,杨寡妇气得狠狠地抽了周小二三记耳光,骂道:"没出息!"眼看报到时间就要到了,一时半刻哪里凑得齐钱?这一次,杨寡妇拖着周小二,双双跪在县政府的大门前……

县委、县政府专门开会讨论,给第二个周状元拨了一笔款子,杨寡妇这第二跪,又让周小二顺顺当当地上了大学。

轮到周小三上大学,他说啥也不让娘去跪县政府了,这时老大、老二正好寄来了勤工俭学的钱,乡亲们也凑了些钱送到杨寡妇手里。这天,小镇上汽车喇叭响,县里派专人送"希望工程"的款子来了!

杨家门前挤满了人,杨寡妇一脸的泪,她对乡亲们说:"我杨三桂有愧呀,要是豆腐店不停,我绝不会去跪县衙门,一跪、二跪,感谢党和政府,今天这第三跪,我跪众乡亲,几十年没出一锅好豆腐,缺奶的娃儿也没豆浆喝,可今天三儿上学,靠的是乡亲的帮衬,这世道,还是好人多啊!"说完,杨寡妇当街跪下,对着众乡亲磕了三个响头……

这一来,杨三桂就成了"杨三跪",有人问她:"当年周有贵对你像仇人,你现在这样撑他的门面,增他家的光彩,图的是啥?"杨寡妇听了只是一笑,说:"我不图别的,只图做个好人。"现在,周家的儿子全有出息了,周老大还留学去了美国,杨寡妇的豆腐店也重新开张了!好人有好报,杨寡妇苦了大半辈子,现在总算有了依靠。

好人受屈真好人

"小山东"讲的故事

忘恩负义、恩将仇报的是坏人,不忘情义、知恩图报的称得上是好人，而像杨三跪这样的人，不记前仇，以德报怨，那就是好人中的好人了！

我也来说个好人的事。

我老家在山东，今年春里做生意经过老家，就到村里去看了看，老村长和我说了件事，听了心里真不是滋味。

这村里有个女人叫"石金鹊"，抗日战争时，她男人利永本来在跑小买卖，后来不知怎地当了伪军小队长。解放区一建立，她立马成了汉奸家属。抗战胜利了，紧接着全国解放，利永一直没有回来，有人说他给八路军崩了，也有人说他投了国民党，跑到台湾去了，总之，下落不明。

从那以后，"汉奸家属"、"反革命家属"……帽子满天飞，石金鹊成了庙里的门槛，啥人都踩，特别"文革"那年头，真是下了十八层地狱。

"文革"结束后的第二年，两个干部模样的人来到村里，给老村长看了介绍信和一叠材料，老村长读了材料，惊得嘴巴都合不拢，他马上派人叫来了石金鹊，站在她面前，还没开口，眼泪就滚了下来："这些年来，苦了你啦，现在政府查明了，利永是好人，是党派到敌人内部去的。"

不料石金鹊说的话一语惊倒山："俺知道。"

老村长一听几乎要跳起来："什么，你知道？"

石金鹊点点头，十分平静地说："他去时对俺说了，叫俺心里有底。"

"那你咋不早说？"

"利永说，组织上讲，这件事上不传父亲，下不传妻子，他告诉了我，已经犯了纪律，我可不能再往外说了。"

老村长还是有点不明白，他问："那解放这么多年，你也该说了呀？"

石金鹊苦笑一声："我说了，谁信呀？"

老村长一听,这才无话可说。这两个干部告诉石金鹊:利永是为了营救被捕的同志,才暴露了身分,被敌人杀害的,现在政府追认他为烈士。

石金鹊一听,淌了一脸的泪:"这么说,我是烈士家属,是好人了?"老村长在一旁抹着眼泪,大声告诉她:"你是好人,是天底下最好的好人!"

所以,我说呀,双手难遮满天星,青石板上难栽钉,好人总归是好人。

坏人变好亦好人

居委会陈阿姨讲的故事

不过,有的人是好是坏,还真有点分不清呢。比如我们"广福里"的阿毛头,你们说说,他是好人还是坏人?

你们知道吗? 阿毛头是怎么开始偷东西的?

那一次,阿毛头口袋里又是瘪瘪的,他经过一家电器厂的仓库,见那里没人看管,眼珠子"骨碌碌"一转,偷偷兜到一个没人注意的墙角落,爬上去,在石棉瓦上扒了一个洞,钻了进去,偷了几块紫铜,回家后卖给收废品的贩子。

几次下来,阿毛头手头阔了。有个知情人见他的钱来路不正,就去派出所告他,他被判了三个月的拘役。

阿毛头放出来后十分懊悔,他决心再也不偷了。可是有一天,他经过那个仓库,无意中抬头一看,他扒的那个洞还在,他站在那里呆了好久好久,后来把心一横,转身就走。可走了没几步,又站住了,心里像一百只猫爪子在抓,正应了一句老话:好吃屎的总往茅坑里钻。最后,他又钻进了那个洞,重新当了小偷。没隔多久,他又被抓进了公安局,判了两年刑。

刑满释放后,阿毛头发誓洗手不干了。可偏偏他舅母来找他,要他到她开的小店帮忙,而到小店去的路上,必须经过那家电器厂的仓库,阿毛头走那段路,真的像上刀山、下火海,将到仓库时,他像避瘟神一样,别转了头,加快脚步奔了过去。一次,两次,都挺了过去,有一次,阿毛头想:看一看,怕什么? 我只是想知道那个洞还在不在,又不是再去偷! 这么一想,他就朝仓库顶上望了望,一看那洞还在! 这天夜里,阿毛头躺在床上,眼前就是那个洞,和仓库里的那一堆堆铜。

俗话说,火烧芭蕉心不死。有一天,阿毛头经过那里,实在熬不住,又一次钻进了洞里,偷了好多铜。只是好景不长,不久又被逮住,第三次进"宫",判了五年。

这五年里,阿毛头表现很好,刑满释放时,管教找他谈话:"你在这里的表现不错,出去后该做的第一件事,是要找个合适的工作……"

阿毛头身子站得笔直,说话声音响亮:"报告队长,这不是我要做的第一件事。"

管教听了十分吃惊:"那你的第一件事是什么呢?"

阿毛头回答:"到电器厂仓库去看一看,如果那洞还在,我就把它补好!"

阿毛头释放的那一天,他真的先去了仓库,一看那洞竟然还在,就把洞补好了。从此,阿毛头再也没有当过小偷。

犯法之徒非好人

"老娘舅"讲的故事

你们别争了! 陈阿姨,你说阿毛头毕竟是三进宫,算不得是个好人;"小绍兴",你说阿毛头浪子回头,总算是个好人;依我看呀,他不能算是坏人,也称不上是个好人,只是个不好不坏的普通人。不过,能改总是好的,要不,真是个坏人喽!

去年出了件案子,不知道你们听说没有。

有个做珠宝生意的老板,姓王。可这王老板十年前曾经是个贼,被公安局抓住后判了八年刑,刑满释放后他再不去偷东摸西了,又恰好认了一个香港亲戚,便合伙做起了珠宝生意。

有一天,有人找上门来,王老板吃官司时就和这人关在一起,现在这人上门敲竹杠,说是要把王老板曾经当过贼的历史告诉大家,要想保住他的名誉,除非给一笔钱。但这家伙要的这笔钱数目很大,加上王老板最近的生意不顺手,也拿不出这笔钱。

为了摆脱困境,王老板便想重操旧业:偷。

王老板偷的对象是一个姓张的教授。张教授孤身一人,他的儿子住在别处,家里有不少古董,王老板到他家去过几次,知道那些东西放在哪里。

这天夜里,王老板戴上手套,翻墙摸进了张教授的家,他偷到了那值钱的古董,正要爬窗逃走时,听到身后有脚步声,转身一看,张教授正向他扑来。王老板狗急跳墙,拔出护身的匕首,毫不犹豫地杀死了张教授,然后关上门,灭了灯,放下窗帘,从窗户爬了出去。

一路上,王老板心想:我实在没有别的办法,他认出了我,要是不杀他,我就得去蹲班房。现在安全了,没有人看到我去了张教授的家。

王老板回到家里,放下了窗帘,从口袋里掏出那些古董,又摸出了一只手套,他再摸呀摸,全身口袋都找遍了,却找不到另一只手套。他记得刚才往口袋里装古董的时候,他把手套放在桌上,走的时候,他记得清清楚楚,带走的是两只手套,可是现在丢了一只,要命的是,那手套上留着他的情人绣的字,是他的姓名!

　　王老板慌得晕头转向,没有别的办法,只有回到张教授家去找那只手套。一想到要踏进那个躺着死尸的房间,王老板吓得心惊肉跳。

　　王老板翻墙爬窗,进了那个房间,他要找手套,便抖着手拉亮了灯。

　　张教授的尸体就躺在他的脚边,他忍不住去看那尸体,还弯下腰去,伸出手来,想拔回那把匕首。

　　正在这时,房门突然被推开,张教授的儿子像金刚铁塔一般走了进来,手里还操着一根大铁棍。张教授的儿子是运动员,王老板根本不是他的对手,只好束手就擒。

　　张教授的儿子给公安局打了电话,很快来了一群警察。他们还从王老板的口袋里,搜出了他刚才在张教授家里掏的几件小古董。警察带着王老板,去他家取那些古董。

　　到了他家,王老板开了门,一脚跨进去,踩到了地上的一个什么东西,他拾起来一看,惊得差点晕倒:竟然就是那只手套!

　　所以我说呀,人做了坏事,厄运就跟着来了:张教授的儿子平时难得到父亲家里来,嗨,这次就撞上了;还有那只手套,明明掉在自己家里,王老板竟会疑神疑鬼撞到网里去,这就叫天网恢恢,恶有恶报!你们看,这些年来,那些贪污的、受贿的、坑害老百姓的,昨天还在台上威风凛凛,今天已经成了阶下之囚、一堆狗屎。说到底,还是那句老话:恶人总有恶报,好人一生平安。

(封宇平、崔陟、三是生、伍光琴)

话说"讨债"

观察和经验和谐地应用到生活上,就是智慧。

话题十二

话说『讨债』

这天吃过晚饭,"四海"旅馆的一个小房间里,几个南来北往的供销员正围作一堆,在侃着"讨债"的话题。

不怕欠债的不还,就看讨债的能耐

一个江苏人讲的故事

若要公道,打个颠倒。老话说得一点不错! 想当初这些王八蛋上门要产品,手头缺资金,全他娘的像灰孙子,现在倒好,欠债的站着,讨债的跪着,轮到我倒八辈子霉,跑两千八百里路,到这儿来当孙子。

话说回来,如果能把钱讨回来,当一回孙子也就认了,怕只怕做梦踏云头,白赔了几百块车马费。唉,要是科里的"阿庆妹"来讨债,哼,不怕这些王八蛋不把钱乖乖交出来……什么,你们问阿庆妹有什么讨债的绝招?好,说给你们听听。

阿庆妹是我们科里的供销员,对象叫阿庆。她精明能干,就像《沙家浜》里的阿庆嫂,所以,同事们就这么叫开了。

有一次,厂里周转资金越来越紧,阿庆妹便单枪匹马、千里迢迢到河南郑州讨债。那个大发公司,欠了我们厂三十四万,经理姓程,是盏不省油的灯。

阿庆妹到郑州的第二天上午,那个姓程的刚踏进经理室,阿庆妹便登门讨债来了。程经理接过名片,问明来意,眼睛一闭,摆出一副穷相:"眼下资金实在无法周转,是不是等——"

阿庆妹连忙接过话头,说:"可以,可以,我有时间,可以慢慢等。"说着,她便走到经理室的外间,在一张单人沙发上一坐,从提包里拿出一本厚厚的小说,平心静气地看起书来,看那样子,非得把沙发坐破不可。这以后,阿庆妹"你上班,我就来;你下班,我就走",就好像是程经理新雇的一位随身秘书。

不怕欠债的精穷,就怕讨债的英雄。程经理渐渐地心里有点发毛:你看,自从阿庆妹在这沙发上这么一坐,来经理室的人就突然多啦,请示的,汇报的,有事没事的,来了以后,一双双贼溜溜的眼睛有意无意地盯着程经理,似乎在问:这漂亮小妞哪来的?她和程经理到底是什么关系……那一双双眼睛直盯得阿庆妹心惊肉跳!

你别看程经理在公司里威风凛凛,可他犯"妻管严",一回到家里,就像只哈巴狗。程经理最怕有什么风言风语传到老婆耳朵里,为了躲债,也为了避嫌,三天后,程经理便把办公地点转移到了宾馆。

程经理一走，他家里可就热闹啦！那天程太太下班一回到家，电话铃响了，话筒里传来一个甜蜜的女人声音："程经理在家吗？"

"你是谁，找程经理有什么事？"

那声音更加娇滴滴："程经理知道我是谁，也知道为了什么。"

程太太一听，心里就有点酸溜溜，但她还是挺有风度地告诉对方"程经理不在家"。谁知当天晚上，电话一个接一个，程太太被激得火冒八丈高，可电话里那女人的声音仍旧是甜甜蜜蜜、彬彬有礼。程太太拍台子、摔凳子，逼问程经理："那女人到底是你的什么人？"程经理越想说清楚，可偏偏越说越乱，这天夜里，程经理被太太在床边罚跪了一个钟头！

第二天一上班，程经理在宾馆里给阿庆妹打了个电话，气呼呼地指责她骚扰了他的家庭。阿庆妹嗲声嗲气一笑，说："我哪敢骚扰？我是为了公务——讨债，至于您家里人怎么想，那是她的事！"

"你为什么不往公司打电话？"

"我打了，您不在，他们说，只有您说了才算数。"

想到要把三十四万欠债一下还清，程经理就像心头割肉，他实在不甘心，直到程太太把"离婚申请"扔到他面孔上，程经理才不得不挂了个电话给阿庆妹："鄙人服了你啦，怕了你啦，我明天上午就把三十四万拨到你们账户上，我不想再见到你，也不想再听到你的声音！"

阿庆妹在电话里笑着说："我也和您一样！"

阿庆妹把三十四万欠债讨了回来，这事在厂里像扔了个炸弹，说啥话的都有。有人说："这么难讨的债，一个毛丫头竟然能讨回来，谁知道她用了啥手段！"你们听听，说得多难听。阿庆妹一气之下打了调动报告，现在在商场里当营业员啦！

讨债如同上战场,大有讲究用兵法

一个山西人讲的故事

讨债从来就不是轻松的事,那些欠债的家伙,虱多不痒,债多不愁,没血没皮,个个都修炼成精啦! 但不讨行吗? 那是国家、集体的钱财,谁看了都心疼哪! 再难,也得去讨,只能吹冲锋号,不能打退堂鼓。当然,讨债像打仗,得讲究点"孙子兵法"。

给你们说件事。

有个私营企业的老板,外号叫"金算盘",生意做得红红火火,可就是借钱缝衣服——欠了一身的债,人家上门讨,他哄、骗、磨、躲、赖,十八般武艺样样精通,说到最后一句话:"要钱没有,要命一条!"那次丹阳化纤厂向他讨五万元货款,金算盘满嘴的理,一会儿猫脸,一会儿狗脸,看那样子,倒像他是债主!

这天早上,金算盘刚从家里出来,经过街口的收费公厕时,有个老太像老熟人一样叫起来:"哎哟,这不是金老板吗?"金算盘抬头一看,不认识,就冷冰冰地问了一句:"有什么事?"

"我看你面相,印堂发黑,人中显紫,三天之内,必有祸事,想送你一个祸情预告。"

金算盘一听,又好气又好笑:哼,鬼才相信你的话呢! 他转身要走,那老太又叫住他:"我知道你不相信我的话,我再让你看样东西。"说着,她递给金算盘一张纸条。金算盘接过一看,上面写道:你隔壁邻居张副局长犯事了,你帮他销过一次赃,得好处费五千元。

金算盘一看,吓了一跳:这事她咋知道的? 再一想:人家张副局长昨天还在家里大张旗鼓地做寿呢,说他犯事,可能吗?

不料吃过晚饭,一辆警车开到隔壁门前,跳下几个"大盖帽",把张副局长押走了。金算盘正看着发呆,只见女儿文英拖着两个孩子,眼泪汪汪地揣着离婚申请书回到了家里。金算盘觉得脊梁骨子透出一股冷气:祸事果然来了,这老太厉害!

这几天里,金算盘经过打听,才知道这老太是收费厕所新来的管理员,姓申,尖舌,利嘴。她一来,厕所门口几乎成了新闻发布台:李家的姑娘做人流了,张家的媳妇和人私奔被抓回来了,王家的老娘被儿媳妇逼得吃了老鼠药……那些丑闻、秘闻、奇闻,经申老太这张嘴一"加工",马上就传得满城风雨。

金算盘终于明白了:说申老太能掐会算,那是假的,张副局长被捕,女儿闹离婚,两件事都被她说中,是因为申老太背后有一张神通广大的信息网。现在女儿要离婚,都怪女婿是个赌棍,如果这事被申老太的"新闻发布台"一炒,自己脸往哪儿搁?

第二天,金算盘邀了生意场上的几个朋友,到家里来喝了一天酒,喝完后,又把他们送上了小轿车。这时,金算盘醉醺醺地走进厕所,劈面甩给申老太五十元钱。

申老太惊呆了:"金老板,你这是干什么?"

金算盘指着远去的小轿车说:"看见那辆高级轿车了吗?那里面坐着我女儿文英的一个同学,现在是一家公司的总经理,他听说文英要离婚,特地来求婚续弦。两人谈得投机,看样子要成。文英和丈夫还有点财产纠葛,因此特来买你这张嘴,给我女儿保几天密。"

申老太一听,收起钱,赔着笑说:"请金老板放心,我一定管好我这张嘴!"

金老板离开厕所,心中暗笑:哼,你还能管得好你的嘴?其实,金老板正是想利用申老太的这张信息网,把刚才的假信息传播出去,吓吓女婿,使他浪子回头。

果然没有几天,女婿寻上门来,痛哭流涕地跪在金算盘的面前:"爸呀,千错万错是我错,我不和文英离婚了……"

金算盘见女婿果然上钩,心中暗喜,但他还是板着面孔说:"和文英和好可以,但赌路必断!"

女婿哭得更加伤心:"爸呀,我也想断了赌路,可我欠了人家五万元赌债,讲好今天还,否则他们就要断我十指,我……我到哪里去弄这五万元钱哪!"一旁的文英听到这里,扑上去和丈夫抱作一团,哭成一堆。两个孩子一见,一个抱妈妈,一个扯爸爸,全都咧开大嘴嚎了起来。

金算盘一看这架势,知道他俩情分还在,心里想道:罢罢罢,还是甩几个钞票,保一家安宁吧!金算盘当即去银行提了五万元现款,把钱给了女婿,说:"你马上去还赌债。再和文英闹离婚,看我不搡扁你的脑壳!"

女儿一家人欢天喜地地走了,金算盘只觉得浑身轻松。第二天,他又来到那收费厕所,从口袋里摸出五十元钱,甩到了申老太的面前,笑眯眯地说:"我女儿和女婿和好了,全是你这张嘴的功劳!这五十元,是我给你的信息网使用费。"

金算盘得意,谁知申老太更得意,她从口袋里掏出一张纸条,递给了金算盘,说:"金老板,到此为止,你欠丹阳化纤厂的五万零一百元货款,两清了。"金算盘拿过纸条一看,果然是自己三年前写的欠条,他吃惊地问申老太:"你是——"

申老太笑着说:"我是丹阳化纤厂新调来的副厂长,兼讨债组组长。五万元,你女婿昨天交到厂里了,这个一百元,是你送的信息费,还给你,拿好!"

原来,丹阳化纤厂是个街道小厂,金算盘欺负工厂领导是几个老实巴交的家庭妇女,货款长期拖着不还。金算盘的女儿、女婿都是这个厂的工人,厂领导便对他们说:"你家老头子再不还钱,就要请你们下岗啦。"女儿、女婿没法,只得去求金算盘。金算盘说:"他们是吓你们的,怕啥?"就是不肯还债。厂里没法,女儿、女婿无奈,于是便合演了这一场讨债的双簧戏。

金算盘听到这里，目瞪口呆，他做梦也想不到女儿、女婿会和厂里串通一气来讨债。这笔欠了三年的债，总算从金算盘手里讨回来了！

欠债不还理已亏，暗箭伤人更卑劣

一个江西人讲的故事

申老太能把这五万元钱讨回来，说明她有本事，要是碰上个老实人，那就苦头吃足啦！

有个老实人叫阿德，他以前有个邻居叫王义，后来两家都搬了房子，就不大来往了，只听说王义总没个正事，天天混日子。

这天王义找上门来，说是老婆生病住院了，手头紧，想借两千元应应急。阿德为人特厚道，最见不得人落难，听王义一诉苦，就从房间里拿出一千八百元钱，又掏出刚发的两百元奖金，一起交给了王义，王义千恩万谢地走了。

有一天，阿德骑车路过一所学校的门口，老远看见王义正被一男一女拉扯着。王义看见阿德，忙挥手喊他，那两人一松手，王义趁机脱身，跳到阿德的后车架上，一边叫阿德快走，一边告诉他："那夫妻俩非要拉我到他们家喝酒不可。不瞒你说，我刚从那学校讨债出来，没拿到现金，哪有喝酒的雅兴……手头紧，唉，你那两千元只好暂时缓一缓了！"

谁知这一缓就是一年。后来，阿德的单位要集资建房，他老婆东挪西借，还差两千块钱，老婆便叫阿德上门去讨。阿德有点不好意思，老婆耐不住了，扯着嗓门骂道："王义是个赌鬼，你再不去讨，真的要'肉包子打狗'啦！你明天再不把钱要回来，就甭进这个家门！"

第二天一早，阿德老婆把被子一掀，冲着老公叫道："时间到,准备出发!"阿德没办法,只得硬着头皮上门讨债。

阿德来到王义的家门口,敲了一阵门,开门的是王义的老婆,阿德见她穿着睡衣,不便进去,便站在门外如此这般地把事情说了。不料那女人一听便火冒八丈:"冤有头,债有主,我老公欠的债,你找他去!"

"王义呢,我找他!"

"鬼知道他到哪去了,昨晚就没回来,不信你进来搜。呜……我的命好苦啊,嫁了个窝囊男人,谁都可以来欺负我呀……"

王义老婆这么一哭,左邻右舍全都探头探脑地看了起来,阿德怕引起别人误会,便逃也似的走了。

没有讨到钱,阿德不敢回家,在街上吃了两个包子,有气无力地到单位上班。谁知屁股刚坐到凳上,一个中年妇女风风火火地闯了进来,打量了一下阿德,说:"你就是阿德吧?上次王义在我店里拿了一条'阿诗玛',说是电厂的阿德叫买的,过几天就会来付账,可事情都过去一年了,你为什么还不付钱?"

阿德一听,直搔头皮:"我怎么会叫王义去买烟呢?你搞错了吧?"

那女人鼻子里"哼"了一声,说:"那天我和男人在学校门口好不容易拦住了他,是你骑车带着他跑掉的,原来你们早就串通好了。今天你不把这一百多块钱拿出来,休想过门!"

阿德这才明白,那天在学校门口,自己当了冤大头,王义这小子旧债未还又添新账,活活把自己坑了!阿德好说歹说,让那女人留下地址,保证隔天登门"说清楚",才算把那女人打发走。

谁知那女人刚走,厂里的一个领导来找阿德,一本正经地说:"阿德同志,作为一个职工,可不能干违法乱纪的事呀!刚才纪委打电话来,说有个女人告你上门讹诈,还想占她的便宜。"阿德一听,气得血冲脑门,差点昏倒:王义那贼婆娘,竟会猪八戒倒打一耙!

下班以后，阿德怒气冲冲地赶到王义的家，一为讨债，二为"伸冤"。他推门进去，王义的老婆不在，却见两个戴墨镜的男人等在那里。那两个男人见了阿德"霍"地站起，一左一右"夹"住了他，口气蛮横地说："你就是王义吧？你老婆刚才出门，说是去找你，想不到你还挺听话的，一叫就到。"

"我不是王义，我是来向他讨债的。"

那两人根本不信他的话："你少来这一套，我们老板交代了，那笔钱你给也得给，不给也得给。限你三天，不然拿你两只眼睛来抵！"说完，揪住阿德，一阵拳打脚踢，打得他鼻青眼肿，躺在地上爬不起来，又把桌椅橱柜砸了一通，这才扬长而去。

过了一会儿，阿德撑起身来准备回家，正好王义的老婆回来了，她见屋里砸得一塌糊涂，又见阿德捂住脸正想出门，便冲上来揪住阿德叫了起来，"好你个阿德！原来那两个是你请来的黑道哥们，你以为捂住脸老娘就认不出你了？你、你赔我的家具，来人哪，抓强盗！"

那婆娘一边叫，一边揪住阿德又拉又扯，还狠狠地捆了他两记耳光，阿德一气之下昏倒在地……

阿德醒来时，发现自己躺在医院里，正在输液，老婆陪在身边。看见老婆，阿德后悔地说："我真瞎了眼……"

一会儿，有人来探望阿德了，你们猜是谁，嗨，竟是王义那小子。他拎着一袋水果，满脸堆笑地说："阿德兄弟，想不到你住院了，前不久我接到了一笔大生意，我想欠你的这两千块钱，你也不会急着用，就把它一起做本钱了，我们合伙——"

阿德一听，抓起那一袋水果，"砰"地扔到门外："我合你妈的屁伙，你给我滚！"

我知道，直到现在，事情已经过去了五年，阿德还是没有讨到那笔债。

（崔叶盛、刘军、詹平相）

话说"见义勇为"

在健全的一代,靠勇气取胜。

话题十三 话说「见义勇为」

一天黄昏,一辆从江西上饶开往弋阳的长途汽车,正在盘山公路上缓缓行驶着。山道蜿蜒,旅途寂寞,一个湖南采购员便打开了话匣子,向邻座的旅客说起了自己走南闯北的种种见闻。说着,说着,就说到了"见义勇为"这个话题。

临危须镇定,智勇斗歹徒

湖南采购员讲的故事

我们当采购员的,三天两头出门在外,图啥?就图个平安无事。这几年治安好多了,但这么大的中国,十几亿人,不法之徒总还是有啊!

那一次,我乘广州到怀化的火车回家,半夜里,我们那节车厢进来七八个家伙,个个牛高马大,还带着木棍和匕首。他们进了车厢就半公开地搜身,简直就是明火执仗的强盗!乘客们敢怒而不敢言,稍有反抗,匕首就搁到了脖子上。

记得读书时,老师就教我"见义勇为"这个词,此时此刻,我热血沸腾,恨不能一跃而起。可歹徒这么多,双拳难敌四手,你怎么"见义勇为"?

那些歹徒见无人敢反抗,越发猖狂。有个歹徒,额前染了一小撮红头发,他看到一个姑娘长得挺漂亮,就动手动脚地调戏她,那姑娘忍无可忍,就骂了声"流氓"。"红头发"火啦,抓住姑娘就往厕所里拖,嘴里还说:"你骂得好,今天哥们就让你见识见识正宗的'流氓'!"

这时,我再也忍不住了,急中生智,突然想起在韶关停车时,有二十多个溆浦老乡进了这车厢,他们大都是回家过年的打工汉子,再说,这车厢里讲辰溪话、麻阳话的老乡也不少,如果把这些怀化地区的老乡发动起来,虎怕成群人怕结帮,还怕这几个亡命之徒?

想到这里,我坐在座位上,拉开嗓门,用家乡话喊道:"喂,辰溪老乡睡着没有? 没睡着请回个话。"

车厢里很快传来了回话:"没睡着呢。""冇敢睡咧!"

我又喊道:"溆浦老乡睡着了吗?"

立刻,溆浦老乡的回话也响成一片:"刀子都举到眼皮底下了,哪个睡得着哟!"大家心中都有数了,打瞌睡的人也被身旁的乘客叫醒了。

我又站起身来,大声喊道:"怀化地区的老乡都请回个话。"我话音刚落,回话声响成一片,震天撼地,差不多满车的乘客都是。

那几个歹徒开始时还不大在意,那红头发也只顾拖那姑娘,等他们发觉情况不对,拿着木棍、晃着匕首,朝我奔过来时,我已经"霍"地跳到了座位上,手臂一挥,喊起来:"老乡们,旅客们,现在车上这几个歹徒公开抢劫耍流氓,你们说,我们该怎么办啊?"

车厢里像烧起了一团火,满车厢的乘客全都站了起来,齐声呐喊:"跟他们干!跟他们拼了!"

所谓亡命之徒,其实也是纸老虎,什么时候都没有忘掉保命,这几个家伙见车厢里群情激愤,犹如爆发的火山,立刻吓得屁滚尿流地逃走了。

歹徒们逃走后,那姑娘不住声地谢我。我说,谢啥?今天要不是大家抱成一团,最终还不是人人都遭殃?这世上就是这个理,如果大家都不敢见义勇为,那么邪气就会抬头,社会风气就会变坏,最终遭殃的还是我们自己!

湖南采购员讲完这个故事,车厢里顿时热闹了,大家纷纷说起了见义勇为的一件件事:警察抓劫匪、司机斗路霸、村民捕逃犯、解放军救落水儿童……但车厢的后排角落里,一个男乘客却讲起了生活中的另一种"见义勇为"……

惹火自烧身,勇于担责任

一个男乘客讲的故事

这还是几年前的事了,我们楼上有个赵大爷,他的儿子、儿媳都是知青,现在还在黑龙江,孙女小玮已经返城,和老两口生活在一起。小玮上初三,学习用功,又懂礼貌,所以,全楼的人都喜欢她。

那天晚上十点多钟,正赶上停电,小玮从学校里上完自习课回来,一进楼,黑咕隆咚地什么也看不见。这孩子心疼爷爷奶奶年纪大,也没喊,慢慢地往楼上摸,刚走到二楼拐弯的地方,突然,一个黑影从楼上冲下来,正好撞在小玮身上,楼道里漆黑一片,墙角落里放着杂物,小玮站立不住,一头撞在放蜂窝煤的铁架上,立刻就昏了过去。那黑影不知把人撞得这么厉害,说了声"对不起",就匆匆忙忙地走了。

再说赵大爷见孙女儿很晚还没回来,便打着手电去接,一下楼,就发现小玮昏倒在楼道里,满脸是血,不省人事,就急忙喊人,楼里的几个小伙子背起小玮就送医院。谢天谢地,小玮总算没出什么大事,只是额头上缝了四五针。不过,几次跑医院不仅医药费花去几百块,而且还耽误了孩子的功课。

赵大爷开始还算沉得住气,在家里等那个"黑影"上门赔礼认错,没想到整整一个白天,就是没人站出来承认。这一来,赵大爷可火了:住了这么多年,老人老脸儿,招谁惹谁啦?这不明摆着欺负姓赵的家中没人嘛!欺负孩子爹妈不在身边嘛!他越想越气?干脆撕破老脸,摆开阵势骂人啦!

这一阵骂,差点儿没把楼盖儿掀了,赵大爷从早上骂到天黑,从三楼骂到五楼,六七十岁的人了,跳着蹬着,喊着骂着,骂得昏天黑地、死去活来,骂得邻居们全都缩在屋里不敢出来,生怕惹火烧身,引起麻烦。

第二天早晨,赵大爷早早起来给孙女取牛奶,一推开门,见门边上放着个纸包,弯腰捡起来,一打开,只见一叠一百块的票子,钞票上面还放着一张小纸条。

赵大爷小时候读过两年私塾,他戴上老花镜,仔细辨认起纸条上的字。那个邻居没具名,他说,经过回忆,停电那天晚上,他的外甥赶十点半的火车回北京,小玮也是这个时候回家,会不会是他外甥毛手毛脚把小玮撞倒了?那位邻居又说:他本想上门说说清楚,但赵大爷正在气头上,他怕越说越说不清楚。现在送上一千块钱,作为孩子的医药费。

赵大爷手里掂着这一千块钱,半天没吭声,他实在弄不清楚哪家来了北京的外甥,这一千块钱,他想推辞也推辞不了。从这以后,赵大爷再也不骂人了,每天早晨,他只是低着头,一声不吭地扫楼梯,这幢楼呀,又像往常一样风平浪静、一团和气了。

你们想想,这个邻居说他外甥撞了小玮,那不过是猜想,再说,那时赵大爷骂得多厉害呀,他能挺身而出,那要有多大的勇气!他图的是啥?图的是邻居之间的和睦,你们说,这是不是见义勇为?所以依我看,见义勇为,不一定都是轰轰烈烈、惊天动地,平淡的生活中,也有见义勇为的英雄。

心中大无畏,正义得伸张

一个女乘客讲的故事

我也来说件事,你们看看,这算不算"见义勇为"?

我们村里有个后生,小名老三。有一年,他到镇上做木炭生意,在旅店里,认识了一个江西老表,是做木材生意的,两人一见如故,亲得像兄弟。

一天,那江西老表到一个深山冲里去买木材,叫上老三做帮手。他们忙了整整一天,走村串户,脚板踩出了泡,嘴唇磨掉了皮,结果,生意还是没有谈成,准备回旅店时,已经是晚上。

山里的夜,静得出奇,只有月亮在天上挂着,小虫在草丛里叫着。那江西老表和老三一前一后,在一条山路上走着。突然,江西老表被什么东西绊了一跤,还没等他站起来,头上又重挨了一击,莫名其妙地送了命。

那个凶手是谁?说出来你们恐怕不相信,就是那个老三!老三是见钱忘义起了黑心。此刻,他紧张地看了看四周:这里前不巴村,后不着店,连鬼都不见一个! 老三迅速取下了系在死者腰上的钱包,把尸体装进早就准备好的大麻袋里。他看看现场没留下什么痕迹,就扛起麻袋,走到山沟里的一个石洞边,把尸体藏了进去。这个石洞十分隐蔽,是老三做木炭生意时发现的。

老三自以为这次谋财害命的勾当干得神不知、鬼不觉,却不知黑暗之中,一双贼溜溜的眼睛正看着他!

那是一个小偷,这天晚上正在山上偷树,他扛着一棵杉树走进这道山沟,远远看见有人扛着一包东西摸进了石洞,月光之下,小偷看清那人是个陌生青年,眉清目秀,右嘴角上长着一颗黄豆大的黑痣,神色十分慌张。

等那陌生青年离开石洞后,小偷摸进去,打开麻袋,用手电一照,吓得一泡尿拉在裤裆里。他回家以后,怕连累自己,自然不敢报案。从此,这桩谋杀案也就无人知晓了。

时间过得很快,眼睛一眨,过了六年。俗话说:路要走正,人要学好。那个小偷,渐渐明白了做人的道理,良心发现,痛改前非,开了个小店养家糊口,成了老老实实的本分人。

在一次"严打"中,有一天,一辆警车开到了小店前,从车里走下两个警察,把那个小偷带上了车。车子开到了县公安局,小偷被带进了一个大院。一会儿,警察又陆续带进了二十多个人,那小偷开始还不明白到底是怎么回事,后来才知道,原来今天公安局要对犯有前科的人进行"训话"。

一会儿,一个警察拉开嗓门说:"根据我们掌握的情况,你们都是犯有前科的,有的已经改邪归正,有的还多多少少和犯罪分子有这样那样的往来,有的正处在犯罪的边缘。现在,全国各地都在严打,今天叫你们来,是给你们一次受教育的机会。下面,由我们刑侦队赖副队长讲话。"

那个赖副队长开始给大家训话,那小偷一直低着头听着,真所谓"一失足成千古恨",自己做过小偷,现在只好丢人现眼,老老实实被人训。

小偷低着头听了半个钟头，头颈都酸了，他便稍稍地抬起了头。这头一抬，正好面对着那个正在"训话"的赖副队长，突然，小偷的眼睛直了，头发根炸了，浑身的血凝固了，连气都透不过来啦！你们猜猜，那个赖副队长是谁？嗨，竟然是六年前谋财害命的那个老三！那天月光之下，眼是眼，鼻是鼻，小偷看得一点不差，特别是右嘴角上那颗大黑痣，时间再长也不会忘记！

原来六年前，老三杀了那个江西老表后，过了一段提心吊胆的日子，后来见风平浪静，他也就放心了。没有多久，部队开始征兵，老三报了名，顺利地通过了体检、政审，终于混进了部队。

在部队里，老三伪装得特别好，入党、立功、提干，后来转业到了地方，成了公安局刑侦队的副队长。

那个小偷，听完训话后，人像是在做梦一样，也不知道是怎样回到家里的。当天晚上，小偷一夜没睡，六年前，他没有报案，那是怕引火烧身，受到牵连，现在杀人犯当上了刑侦队长，天理何在？小偷想去报案，可是再转念一想，自己也是有过劣迹的人，万一人家不相信咋办？而且又是六年前的事，尸体都已烂了，弄不好抓不住鱼儿反而弄一身腥，犯下"诬告罪！"

那小偷一夜没睡好，结果还是良知占了上风，第二天上午，他义无反顾地进了城，来到了县公安局，口口声声要见局长。在局长室里，小偷揭发了赖副队长。局长听了大惊，立即采取紧急措施，并进行严密的秘密侦查。两个月后，赖副队长被逮捕了，不久，他被判了死刑。

所以，我以为，见义勇为的人，不一定都是顶天立地的英雄，刚才说的那人，为了伸张正义，不顾个人安危得失，你能说他不是见义勇为？

（傅胜必、张占华、贺红标）

话说“妻子”

夫妻关系中最可贵的,莫过于真诚、信任和体贴。

话题十四

话说『妻子』

　　这天晚上,在上海浦东陆家嘴的一个工地上,一群民工正聚在一起聊天。单身汉的宿舍,每到夜晚,话题最广:烟酒麻将,男人女人,干活挣钱,养家糊口……

　　这时,只听一个从贵州来打工的人说:"哥们,不是和你们吹,这几年我还真养成了个习惯啦:一躺到床上,上半夜想国家大事,下半夜想自家私事……"

　　"贵州佬,你别吹,我看你是'上半夜想自家的老婆,下半夜想别家的女人',哈哈……"

　　"你们别打岔,听他说!"

　　"我们打工的,不能光拉车,不认道,凡事都得琢磨着点儿。比方说,现在这社会,哪三条最重要,你们想过没有?"

"哪三条?"

"一是领导好,工作有依靠;二是子女好,老来乐陶陶;三是老婆好,家庭无烦恼。你们说,这三条,哪条最重要?"

"老婆最重要!"

说起老婆,那故事就像一脚踏进西瓜田,好瓜一个又一个啦……

家中有贤妻,一世好福气

川籍保管员讲的故事

我们那个村,本来是个不出名的穷山沟,这几年时兴旅游,那些山、水、沟、洞,一下子全成了宝贝疙瘩,引得那些城里人一批来一批去。那些来旅游的,全穿得桃红柳绿,口袋里的钱一叠叠,带的又全是稀罕物,这个机那个机,挂着背着,大的像机关枪,小的像火柴盒,"咔嚓咔嚓",到处拍照,照得村里那些男人们心惊肉跳。为啥?怕自己的老婆花了眼,走了神,野了心!

那天,有个游客,独自一个人,背着个照相机,钻到"野狼沟"里去了。听那些城里人讲,那野狼沟的景致野得够味,而最好的景色,是野狼沟里的十八个洞,可惜那里还没开发,没人敢去。

那游客早晨钻进野狼沟里,直到夜里还没出来,第二天还没见人影,一直到第三天中午,才跌跌撞撞走出了野狼沟。只见他头破血流,摇摇晃晃,那样子像个野人!但他死死地捧着个照相机,咧着嘴直笑。原来他花了两天半的时候,爬遍了那十八个洞,拍了不少宝贝照。

他饿得实在走不动了,就坐在路边的石头上直喘气。这时,从村里走来一个女人,她叫金桂,模样儿俊,是四乡八里出了名的俏媳妇,她男人在野狼沟边打柴,金桂是去送饭的。

金桂从那游客身边走过,那游客闻到了篮里飘出来的饭香,就有气无力地喊住了她:"大嫂,能不能给我点吃的,我实在饿极了……"

金桂见他饿得可怜,再说这一带又没有卖吃食的店,她心肠一软,就把碗里的饭菜拨了一半给他吃,那游客要付钱,金桂说啥也不要。

金桂的男人砍了一堆柴,正坐在山脚下歇脚,刚才的情景他全看到了,他知道自己的老婆长得俊,连那些来旅游的城里男人见了她,眼睛都瞪得像乌骨鸡一样。他最怕老婆跟别的男人呆在一起野了心,现在见老婆和那男游客在一起呆了这么久,正窝着一肚子火,等金桂把饭送来,一看只剩一半了,伸手就打了她一耳光:"臭婆娘,你竟把老子的饭送给那野男人吃?好,好,你把床也送给他睡好啦!"他连饭都不肯吃,气呼呼地又去砍柴了。金桂没法,只好把饭篮放在山脚下,转身回家。

那男游客吃了饭后正坐在路边休息,远远看见金桂挨了男人的打,心里不安,等她过来,就问原因。金桂告诉他:"我男人说,你饿得这样,应该把饭全给你吃,他怪我不长心眼……山里人性子躁,你别见笑。"

那男游客听了十分感动,想不到山沟沟里的人竟这么有情有义。他拿出一张纸片给金桂,金桂当初不知道它叫啥,后来才知道那叫"名片"。那男游客说:"你们今后有什么事,一定来找我。"

到了黄昏,金桂的男人打柴回来,一进门就是一顿臭骂:"你这个不要脸的,半桶水好溅(贱),和那野男人这么亲热,他送你的东西呢?"

金桂拿出那张名片给了男人,还把男游客的话说了一遍。她男人一看名片,才知道他是上海人,是一个什么"处长",还是个业余摄影家,想想老婆没有做啥不正经的事,也就罢了手。

后来,听说浦东开发,村里不少人都跑到上海去打工,金桂的男人也想到上海去闯闯世界,就给那处长写了一封信。那处长立刻回信叫他到上海去,像亲戚一样接进了自己的家,陪着玩了几天,还让他在手下一个工程队里打上了工。那处长说:"那天的半碗饭,恩重如山啊!"

你们看,家有贤妻,满屋福气,要不是老婆好,金桂的男人会从山沟沟里跑到这大上海,在这工地上当保管?

四川人说溜了嘴,露了"馅",大家一下猜出他就是金桂的男人,于是便挤眉弄眼地开起了玩笑:"嫂子和那处长是不是有那回事?不然,半碗饭能换个保管员当?"

放屁,戏有戏味,人有人情,这就叫"情义无价",懂吗?现在不是我怕金桂起"花心",倒是金桂怕我有"野心"。你们想想,山沟沟里的穷光蛋,到了花花绿绿的上海,袋里鼓鼓的有了钱,老婆能放心?不过,"男人有钱就变坏",那说的不是我们山里人。叫我说呀,两句话:花儿是路边的香,娘们是自家的好!

得福须知福,夫妻融融乐

睡上铺的山西人讲的故事

说句实话,我们这些男人哪,常常是生在福中不知福,家有贤妻不知足啊!我们村里有个叫姚六的,外号称作"墙脚鼠",这小子就是喜欢听新房。按理说,听几句洞房花烛夜的私房话,凑个热闹,寻个开心,也不算啥大错误,可这姚六听起房来,冬不避三九,夏不躲三伏,而且他又是个赌鬼,常常是赌博赌到深更半夜,然后再去听新房,听不过瘾绝不"下岗",却把自己的妻子冷在一旁。

这天正是腊月初九,村子里正巧有一对青年结婚,到了晚上,闹新房的客人陆续离去,新郎怕有人听房,打着手电在院子里、牛棚里巡查了一遍,没发现人,这才放心地回到新房,扶新娘上床安歇。

房里的灯熄了。就在这时,一个黑影从茅厕里溜了出来,三脚两步窜到新房的墙根边,不用说,这家伙就是姚六了。当时正是数九隆冬,姚六冻得嗦嗦发抖,但他毫不退缩,将耳朵贴在墙上,不达目的,决不罢休。

隔了一会,新房内响起了"窸窸窣窣"的声音,那是新郎在拉新娘的被角,姚六伸长头颈,等待的时刻就要到了!

不料那新娘娇滴滴地哼了一声,却撒起娇来,她非要新郎先讲个故事,或是讲点新鲜事。那新郎只得顺从新娘,脑子一转,像模像样地讲了起来:

"我说,人要是精明过了头,可就成了傻子,就说咱村那个墙脚鼠姚六吧——你怕啥,我早用手电照过几遍了,再说今晚外面特别冷,他不会来听房的。我接着说,姚六这小子,成天说张三翻墙头,李四跳篱笆,尽说人家的风流事,而他自己每天晚上不是进赌场,就是听新房,把个老婆撇在家里守寒窑。那婆娘虽说四十多了,可徐娘半老,还风流着呢,有人去听过她的房,嗨,还真有那回事呢!"

姚六听到这里,再也站不下去了,他做梦也想不到,自己的老婆也会勾引野男人。当然,耳听为虚,眼见为实,他要把真凭实据抓到手里。于是,姚六便离开那家新房,来到自家的院门,"嗤溜溜"攀上墙头,又"噗"地跳进院子,躲到窗下,听起老婆的房来。

屋内还亮着灯光,虽隔着窗帘,但妻子在灯下缝衣的身影,却清晰可见。四周很静,妻子在轻轻地哼蒲州梆子:"……直盼得腊尽除夕到夜半,鸡叫一声又一年……"妻子唱得情切切、意绵绵,姚六听得差点落眼泪,他正想推门进屋,猛听得屋内传来"呼噜呼噜"的鼾声,那声音一阵响一阵,响声还夹杂着一个男人说梦话的声音!

姚六气得七窍生烟:哼,平日里装得一本正经,却原来是只骚狐狸精!姚六举起拳头去擂门,不料那门是虚掩的,他闯进屋去,却见妻子坐在床沿上,那野汉子的呼噜声仍旧打得震天响!姚六忍无可忍,冲上前去,将被子一掀,只见床上放了个四方方、黑乎乎的东西,原来是台收录机!

妻子哭着诉说道:"你整夜整夜不回家,我这日子和守寡又有啥两样?村里那几个骚鬼,总在打我的主意,这几天晚上,院子里总不安静,给你说过几回,你都当耳边风,没办法,我只好趁你睡着时,把你的声音录下来,骗骗那几个骚鬼……"姚六听了妻子的哭诉,羞得恨不能找个地缝钻进去……

爱情有裂缝,双方共弥合

一个江西民工讲的故事

你们看姚六的妻子多好,丈夫这样待她,她却忍气吞声,守住自己的清白,保住家庭的名声。姚六有这样的妻子,难道不是他的福气?

有个女人叫刘红,高中毕业后就一直在做生意,有了钱后又开了一爿珠宝店。后来她结婚了,男的叫王强。这刘红,十分看重钱财,结婚时竟然还进行个人财产登记,夫妻两人的钱,分得"小葱拌豆腐——一清二白"。今年春天,王强下了岗,刘红就叫王强到珠宝店来干活,每月只给他固定的工资,店里其余的人,都列在刘红的名下。

　　王强本来对这些也并不计较,可刘红越来越不像话。那天,王强的弟弟来借钱,说是单位里集资建房,王强没办法,只好向刘红开口。谁知刘红脸色很不好看,勉强借了后,竟当着弟弟的面,要王强打个借条。

　　王强无法容忍,便提出了离婚。不过,他很重感情,看看再过一个月,结婚就满一周年了,便对刘红说:"咱俩毕竟夫妻一场,我再在店里干一个月,等咱们结婚一周年时再离婚,图个圆满。"刘红听了,心里酸溜溜的。

　　就这样,王强暂时还留在珠宝店里干活。过了一天又一天,这天,是王强的最后一班"岗",明天,他就要同刘红离婚了。

　　下午,一个青年陪着一个老头走进珠宝店,那老头的穿着很阔气,一看就是个有钱人。他的手受了伤,缠着绷带。王强热情地接待了他们。

　　那老头靠着柜台挑了好久,最后相中了一枚钻戒,价格将近一万元。老头对这枚戒指很满意,他说,明天是他结婚四十周年的纪念日,送给妻子,作为纪念。王强听了,触景生情,心里好难受。

　　老头伸手摸进上衣口袋,准备掏钱付账,突然,他叫了起来:"哦,先生,请你把戒指收起来,我把钱夹子忘在家里了!"然后,他又转身对那个青年说:"你马上'打的'回去,拿钱。"

　　青年正要走,老头喊住他,又对王强说:"先生,麻烦你借支笔,拿张纸,我写个条子。"王强立刻拿来了纸笔,老头想写字,无奈手上缠着绷带,他请王强帮忙代写。王强爽快地答应了,他拿起笔,照着老头的口气写道:"爱妻:速让小李带一万元来。"落款:"王强,即日。"

　　王强写完后,笑着说:"真巧,我的名字也叫王强。"老头一听也乐了:"这正应了那句俗话:千人同名,万人同姓,哈哈……"

　　那姓李的青年拿着便条去取钱,那老头便留在店里和王强聊天。半个小时过去,不见小李回来,老头只得暂且告辞,讲好明天一手交钱,一手交货。

王强送走老头,心里挺不是滋味:你看,人家那么老的夫妻,都亲亲热热地称"爱妻",妻子管钱丈夫花,再想想自己,活得多窝囊。

下午关店后,王强准备回家和刘红告别。一进家门,只见摆了一桌好菜,刘红见了王强,热情得像一团火,她给王强斟了满满一杯酒,坐到他身边,羞答答地在他耳边说:"我再也不和你分开了,一辈子做你的爱妻!"

王强像是雾里看花,稀里糊涂:什么,刘红她不和我离婚了?

这时,刘红从口袋里摸出一张纸条,举到了王强的眼前:"这字条,我今天看了几十遍……"

王强一听,抢过那字条一看,这不正是下午在店里,那个老头叫自己写的?

原来那老头是个骗子,下午店里的一幕,是精心策划的一场骗局。那个青年骗子拿着字条找到刘红,刘红一看,王强称自己为"爱妻",早已乐得忘乎所以,"骗你没商量",乖乖地拿出了一万元……

一万元虽然被骗走了,但刘红和王强却因此破镜重圆了。夫妻间就是这么回事,两人有了"裂缝",只要及时弥补就没事。不过,这件事好笑的是,给他俩做"好人好事"的,竟会是个骗子!

(戴克学、古德顺、范旭光)

话说"友情"

友谊只能在实践中产生,并在实践中得到保持。

话题十五

话说『友情』

　　阿琪是个列车员。在这南来北往的铁道线上,小小车厢就像个小社会,天天都有感动人的事。单说前不久吧,阿琪就亲眼目睹了这样一件事:

　　那天,从郑州站上来一个军校学生,他是回格尔木探亲的。那"解放军"刚坐下,便发现钱包被小偷扒走了,他没有告诉别人,因为即使满车厢的人都知道了,又有什么用呢?

　　坐在解放军对面的,是一个在广州搞"商品画"买卖的"打工画家",画家看着解放军,觉得他很怪:不吃一点东西,不买一点食品,夜里车上断水,他连矿泉水都不买一瓶。邻座一位妇女看着不忍心,硬塞给解放军几个苹果,说:"小伙子,出门在外,别太节约。"解放军婉言拒绝了:因为他有军人的自尊!

那解放军已经饿了两顿,他先是靠拼命抽烟挺着,口袋里的半包烟抽完后就喝水充饥,水喝完后再也没有什么东西可吃了,他饿得难受,便靠在椅上,迷迷糊糊、昏昏沉沉地睡着了。

这天晚上,那解放军不知睡了多久,等他醒来,看到小茶几上摆着两只烧鸡、四瓶啤酒,还有一包香烟,看着这些,饥肠辘辘的解放军直咽口水。

坐在对面的那个画家,笑眯眯地抽出一支香烟递给解放军:"我很少吸烟,但生日例外,你愿意为我三十岁的生日说点什么吗?"

解放军一听,忙倒满了酒,起身举杯,祝他生日快乐。

画家的这顿生日晚餐,填饱了解放军的肚子,车到兰州的时候,那画家收拾好行李,将一本在车上看过的杂志,递给解放军的手里,说:"到格尔木的路还长着呢,留给你慢慢看吧,可别弄丢了。"

画家走了,车又开了。解放军闲着无事,无意中翻开杂志一看,呀,只见里面夹着一张一百元的钞票,这才恍然大悟:画家早就明白他身无分文的尴尬处境,便善意地设计了所谓的生日,并在临别时暗中赠钱……

这件事,先是经阿琪的口,在列车上传来传去;后来,一本杂志上登了这事,这个动人的故事便在社会上传开了。

这天,阿琪在车厢里拖好了地板,见几个旅客正聚在一起,谈着"友情"的话题,便凑过去讲了这个故事,大家一听,都好生感动,热热闹闹地议论了起来……

朋友一场,诚信二字

一个"茶叶商"讲的故事

在家靠父母,出门靠朋友,这话一点不错。朋友分三六九等,最难得的就是像画家那样的陌路朋友,他和那个解放军萍水相逢,云南的老虎,蒙古的骆驼,谁也不认识谁,你说他图啥?啥都不图,无非是助人为乐。

小人交友,香三天,臭半年;君子交友,天长地久。我们中国人,就讲究个"友情为重"嘛!还是在我读小学的时候,爷爷给我讲了这么一件事:

民国时候,我们家乡有两个商人,一个是开茶叶店的陈老板,一个是开棺材店的古老板。有一次,两人同乘一条船,到福州做生意。不料路上碰上了龙卷风,那艘木船撞上了一块大礁石,满船的人像下饺子,全落进了大海。两个商人还算运气好,他们同时抱住了一块木板。

陈老板喘着粗气说:"我的眼睛撞痛了,啥也看不见……"

古老板说:"我断了一只胳膊……"

两人很快商量好:古老板指挥,陈老板划水,他们在风浪中漂泊了一天一夜,历尽千难万险,终于度过了难关。

大难不死,两人都很激动,那天聚在一家小酒馆里,几杯热酒一喝,陈老板红着眼说:"咱俩也算是生死之交了,我要送你一件最好的礼物……"

古老板比陈老板还要激动,他一口气喝下大半碗老白干儿,说话舌头都硬了:"我……我要送你一件稀世珍宝……"

第二天,两人交换了礼物:开茶叶店的陈老板,送给古老板一包茶叶;开棺材店的古老板,送给陈老板一口棺材。

古老板接过那包茶叶,左看右看,看不出啥名堂:这是一包十分普通的茶叶,闻闻也没啥特别的香味。古老板暗暗叫苦:这老东西耍了我!

陈老板站在古老板送的棺材旁发呆:棺材薄薄的,木材看上去也一般,值不了几个钱,心里暗暗骂道:这老滑头!

两人心里在嘀咕,嘴上都不说,双双拱手,道声"谢谢",各自带上对方送的礼物,回到了店铺。

古老板回到棺材店后,随手将那包茶叶扔在厨房的一块搁板上;那个陈老板,气呼呼地回到店里,让伙计把那口薄皮棺材抬到堆放杂物的仓库里,不知怎么搞的,忙乱之中,一个伙计将两斤牛肉也放进了棺材里。

从那以后,陈家和古家就断了来往。

光阴如箭,不知不觉,陈老板、古老板便由中年到了老年。

一天,茶叶店里的一个伙计,在清理仓库时问陈老板:"那口棺材怎么处理?"

陈老板没好气地说:"劈了当柴烧!"

伙计答应一声,举起斧子,劈了下去,只听"喀嚓"一声,棺材裂了个大口子。

突然,陈老板发现棺材里有一块牛肉。那是二十多年前,伙计在忙乱中忘在棺材里的。只见那牛肉血红鲜嫩,就像刚从集市上买回来的一样!

"哎呀,这……这……"陈老板已是花甲之年的老人,顿时被这情景惊得像中了风一样,张大了嘴巴说不出话。

没过几天,小镇上又传出了另外一件奇事:古老板的家里人,在烧开水时,不知怎的,从搁板上放了二十多年的旧纸包里,掉出一片灰不溜秋的茶叶,那片看上去极普通的茶叶,恰巧掉在搁板下面的开水锅里,霎时间,一股奇香扑鼻而来,古老板喝了几十年的龙井和碧螺春,从来没有闻到过这样直透心肺的茶香!他拍着光秃秃的脑袋,想到二十多年前陈老板送茶叶的情景,心里一惊一急,顿时不省人事。

两位老人醒来后,都用这事教育自己的儿孙:朋友之间,一定要讲真诚,讲信用。

两位老人死后,后代还在小镇上立了两块石碑,一块刻一个"诚"字,一块刻一个"信"字。

友情友情，真情为重

一个"老三届"讲的故事

这两个商人，其实不能算是好朋友，他们从商人的眼光出发，把"利"看得太重，自己给对方多少，也要求对方回报多少，这哪能算是好朋友？"为朋友两肋插刀"，你看，人家为朋友连命都愿意搭上，你还舍不得一包茶叶、一口棺材？

真正的朋友是不要求对方回报的，我以前就曾碰到过这样一个朋友。

那是1976年，我在县氮肥厂当工人。一天傍晚，我走进厕所，一不小心，"当"的一声，手表掉在便池里。这块"上海"牌手表，我刚买了十多天，是我省吃俭用十二个月，每月从二十元工资里省出一半，积了一年才买来的。我急得眼泪都流出来了！

我把这个不幸的消息告诉了好朋友陈刚。陈刚是造气车间的班长，他知道后马上帮我想办法，先是找了块磁铁，绑在竹竿上，在便池里来回搅动，谁知折腾了一个多小时，只吸了一些铁屑、大头针，那手表根本吸不上来。

没办法，我们又去找机修车间的林主任，向他借抽水机，谁知他说："拿公家的抽水机捞个人的手表，这不是损公肥私吗？不行！"

最后，我们只得向附近农民借来了打水用的木桶和竹竿，又挖了一条排粪的水沟，准备用水桶把粪水一桶一桶地提干！

这时，天蒙蒙亮了，因为是私事，我们只能用下班以后的休息时间干。麻烦的是，别人进厕所方便后还要用清水冲刷，这样，粪池里的水又多了，虽然也有几个熟悉的工人知道后来帮忙，但毕竟人手太少，照这个样子，不知到哪天才能捞到手表！

　　正当我和陈刚累得直喘粗气时，一个姑娘来上厕所了，她叫梅莉丽，曾经和我在一个车间同过事，外号"美人儿"，因为有一副好嗓子，后来调到厂部当广播员，听说追求她的人有一个排。梅莉丽得知我掉了手表，便说："别人大海捞针，你是大粪里捞表，算了，再买一个吧。"

　　我想她是在幸灾乐祸，没有理她。一会儿，梅莉丽从女厕所出来了，只见她连脸色都变了，边走边叫："不好啦，我的表也掉进厕所了！"

　　梅莉丽掉的是母亲传给她的瑞士表，这下可好了，不到一刻钟，消息便传开了，几十个男青年拥到了厕所，而且有人竟然还从机修车间林主任那里借来了抽水机，我乐得手舞足蹈：到底是美人儿，有号召力。

　　这下情况马上改观，临近黄昏时一测深度，人可以下去了。这时，小伙子们为了讨好梅莉丽，都伸胳膊捋袖地请战，要求跳到粪水池里捞手表。梅莉丽看了我一眼，说："还是你下去好。"

　　到底是女人心细，我脱掉外衣后，梅莉丽叫人将一团沾了酒精的棉花点上火，放进便池引走沼气，以免中毒；又拿来一条长麻绳，叫我系在腰间，以保安全。

　　正在这时，她乘人不注意，动作敏捷地从裤袋里摸出一样东西，塞到了我的手里。我偷偷一看，呀，是一块瑞士女表！

　　梅莉丽瞪着明亮的大眼睛问我："知道为什么吗？"

　　我终于明白：梅莉丽根本没有掉表，她见我们几个人势单力薄，才撒了这个谎。我感激地向她连连点头，只觉得眼窝湿漉漉的。

　　我跳下粪池后，没多久就把那手表捞上来了，泡过一天的手表还在不停地走，"嘀嗒嘀嗒"，清脆悦耳。我从上衣口袋里摸出了那块放在心窝口的瑞士女表，装作刚捞起来的样子，递给了梅莉丽，她说了声"谢谢"，走啦。

你们看,人,有时就是怪:我和梅莉丽,平时就像陌生人一样,一年到头说不了几句话,可就是在这件事上,她会这样为我两肋插刀,事情过后,就像一阵风一样,吹过就完,再也没有发生过什么"故事"。

将心比心,人同此心

一个"鸽迷"讲的故事

你这个"女朋友",总算还是见过面的,我要说的那个朋友,连面都没见过呢!

有一次,我买回一只鸽子,那鸽子长得挺帅,最注目的是翅膀上有着一层闪闪的金色,所以我给它取了个名字,叫"金翅"。

自从有了金翅,我的生活就多了几分乐趣,我钻研养鸽的书,每天早晨起来,第一件事就是给鸽子喂食、喂水,然后看它飞往天空。经过一段时间的训练,我只要吹几声口哨,哪怕金翅在空中飞得再高,它也会立马飞回,落到我的手掌上,"咕咕"地叫着和我亲昵。金翅和我,真是长青藤搭在墙头上,难分难离啦!

一天,不知从哪儿飞来了一只老鹰,十分凶猛,这一带的鸽子本来生活得很安宁,这一下可遭殃了,吓得四处乱飞,纷纷逃命。我那金翅,真是好样的,为了让别的鸽子安全脱身,它故意让老鹰盯上,老鹰尖叫一声紧追不放,金翅忽上忽下和它周旋,最后,我的金翅终于从鹰爪下安全返回……

这一下金翅可出了名啦,那些专门饲养信鸽的各路人马纷纷上门,要买金翅,有给八百元的,也有给一千元的,可我一直没舍得卖。

天有不测风云,不久,厂里不景气,工资收入都成了问题,而就在这时,我老婆又得了重病。眼看着火烧眉毛、急等钱用,我老婆说:"还是把金翅卖了吧。"我听了后心如刀绞:这么一个人见人爱的宠物,怎舍得卖呀!

有道是"祸不单行",这当口,我的金翅突然失踪了,我急得要发疯。等了两天,忽然接到一封信,这信是从我们这条街上寄出的,信上说:老哥,你的金翅飞到了我家,我知道你喜欢它,连爱人得了重病都舍不得卖它,可我实在喜爱它,随信给你寄上两千元为你爱人治病,请原谅我的乘人之危。后面没有署名,也没有通信地址,我看完信,看看躺在病床上"哼哼呀呀"的老婆,心里十分辛酸,但也只好如此了。

后来,我们这一带的茅草屋,被房产开发商征地后扒掉了,这里盖起了高楼大厦。我们往新楼里搬的那天,一些杂物和旧家具都处理掉了,唯有那鸽子棚和养鸽的一些用具,我舍不得扔掉,老婆向我发牢骚,我说留着有用,说不定哪天金翅还会回来。

说来也真奇,这天天刚放亮,我在蒙眬中隐隐约约听到金翅的叫声,睁开眼睛往楼外一望,天空中的鸽群里,好像有一只翅膀闪着金光的鸽子,我高兴得直叫:"金翅!金翅!"

老婆说我想金翅想出了精神病,别说离开这么久了鸽子不会飞回家,就是回来,这里的房子全变了,它还能找到?我没有听她的,急忙找出那个鸽子棚,把它挂在阳台上,又向空中不停地吹口哨。这时候,奇迹真的出现了:从阳台上传来了"咕咕"的叫声,金翅从窗口飞进来啦,而且还带回来一只鸽子,显然它是金翅的伴儿。

这时,我发现金翅的脚上戴着个铜圈儿,我知道它在新主人的训练下,已经胜利地完成了竞翔任务,它现在的身价,可不能以千元来论了!我把这事和老婆一说,老婆欢喜得拍手打掌的。但是,我的心又沉重起来:在我最困难的时候,人家资助了我,这鸽子好歹也算是他的了,我现在怎么可以使花招儿把人家的鸽子夺为己有呢?

第二天是双休日,我不顾老婆的反对,吃过早饭就上了市场,为了稳妥起见,我没有带鸽子去,我用一块硬纸板,上面写了个招领启事:谁家丢了鸽子,到我这儿认领。我蹲在市场上等候,来来往往的人一看,有的说我在开玩笑,有的说我是"傻冒",也有来冒领的。

我连续在市场上坐了两天,还是没有等到那个失主。晚上回到家里,不料又接到了一封信,上面写道:朋友,我知道你一直在想你的鸽子,所以我费了很大的劲才把它赶走,君子不夺人之所好,还是让它留在你的身边吧。

信上依然没有署名,也没有地址。

这个朋友到底是谁?虽然一时无法找到,但我知道他是个大好人。他越是这样,我越是于心不安,于心不忍。最后,我狠下心肠,采取断然措施,把阳台的门窗关紧,逼着金翅和它的伴儿再回到那位朋友家去。同时,我又写了块"硬纸板",到市场上蹲了大半天,那硬纸板上写的是:朋友,我已关严门窗,请你千万要收留它们,不然它们就无家可归了。

想当初,我天天想着和金翅相依为伴,现在,却又心甘情愿把它往别人家里赶,为啥?我和金翅,毕竟是人和动物之间的感情,而我和那朋友,虽然直到现在还没见过面,但是人心换人心,人远心不远,那情分,重着呢!

金翅终于被我赶走了,那天,我把鸽子棚和一些用具收拾好,准备放进杂物间里,无意间发现鸽子棚的小窝里有两个滑溜溜的鸽蛋,我又惊又喜,看来我和金翅的缘分是断不了的。

后来,我托人把鸽蛋孵化了,小鸽也渐渐长大了,长得和它们的"父亲"一样,两个翅膀上也抹着一层金光,活脱脱是个小金翅,每当我从鸽子身上得到无穷乐趣时,我总要想起那位好心肠的陌生朋友……

(许申高、崔新三、林永炼、张恒山)

话说"三百六十行"

热爱使命的人,想把自己与他们的工作同一化。

话题十六

话说『三百六十行』

　　这天早上,第一职工医院做胃镜检查的机器坏了,护士的态度又不好,那些挤在走廊上候诊的人,顿时牢骚满腹:"这种医院,还想'窗口达标',屁!"

　　有个爱热闹的青年,这时便给大家说了一个《故事会》上的笑话。有这么一个眼科医生,平时工作马虎。一天,来了个病人,那医生检查了他的左眼后说:"从你左眼的状况来看,已经不仅仅是眼睛的毛病了,你的神经系统有病,心脏供血不足,肝功能紊乱,我的医疗方案是……"没等医生说完,病人大叫:"你看的左眼那是一只假眼,你该看的是右眼呀!"

　　大家听了大笑。笑声刚停,众人便说起了医生的职业道德,又从医生说到了营业员、个体户、教师、警察……

行医看病重医德

一个工人讲的故事

老话说:"三百六十行,行行出状元",那说的是行业不论贵贱,都是有出息的,我现在要说的是,三百六十行,行行都要讲职业道德。你们看刚才那个小护士,毛丫头一个,可说出话来够呛!不过,山有高低,水有深浅,这第一职工医院里,好医生有的是。

我们矿上有个工人叫陈三喜,前阵子喜欢上绞车司机刘二妹,整天想入非非,魂都没啦,别人和他说话,说三句,他只听进一句,大家开玩笑,说是陈三喜的耳朵没啦。

这天该当有事:黑板报上登了篇陈三喜写的"豆腐干"文章,不知是哪个调皮鬼开玩笑,把"陈"字的"耳朵"擦去了。上午,正巧陈三喜有事去找刘二妹,路上碰到矿上的医生俞大姐。俞大姐就和他开玩笑:"你去看看黑板报,'陈三喜'咋成了'东三喜',嘻嘻,你这小子耳朵没啦?"

陈三喜没理俞大姐,只想着去找刘二妹。不料刘二妹这天有事没来上班,陈三喜神魂颠倒,没想到那绞车正在运转,这小子脚下一闪,绞索擦着他的左耳,那绞索像刀一样一下子绞下了他的耳朵。

这一下,陈三喜真的没耳朵啦!

我们矿离西区医院近,工人们就把陈三喜送到了那里,医生对他的伤作了紧急处理,但没法接活他的耳朵。医生给了陈三喜一个盛着酒精的瓶子,让他把那只断了的耳朵泡起来,还说:要扔就扔到河里去,别吓着旁人。

陈三喜捧着瓶子,眼泪汪汪地走出门来。正在门口等着的俞大姐一看这光景,就问:"耳朵带回来了?"

"你要不要炒了吃?都是你这个害人精!"陈三喜认为:我的耳朵被绞断,就是因为你说我"耳朵没了"! 他越想越气,"呸"朝俞大姐脸上狠狠啐了一口痰,气呼呼地掉头就走。

你们看陈三喜这小子多么蛮不讲理,可俞大姐讲职业道德,她不但没有计较,还跟着到了陈三喜的家,像待亲弟弟一样地护理他。

到了中午,俞大姐又陪着自己的爱人来到了陈三喜的家。她爱人姓张,是第一职工医院的骨科主任。

张医生对陈三喜说:"你这只耳朵在酒精里泡的时间长了,皮肤、软组织基本变性,不能进行手术。我有个方案,请你配合,明天你来我们医院住院,我把你的断耳朵放进你的肚子里去……"

张医生的话还没说完,陈三喜像疯了一样,抡起拳头,照准张医生当胸一拳,吼道:"耳朵放到肚子里? 你玩我啊?"

张医生骂不回口,打不还手,还是好言好语地劝陈三喜说:"你要相信科学,你的耳朵还有接活的希望。老俞说你正在谈对象,少了一只耳朵,信息量就减少了一半……"

陈三喜半信半疑,第二天乖乖地捧着那个泡着耳朵的酒精瓶,到了第一职工医院。他躺到了手术台上,张医生在他肚子上开了一个口子,把那只断耳朵埋在腹壁下。就这样,那耳朵在陈三喜的肚子里一呆就是十八天。

你们知不知道为啥将耳朵搁在肚里? 这叫"血润",血润能激活耳部组织,然后才能做接活手术。十八天后,从肚子里取出那只耳朵,进行初步整形,又做了一个手术,叫啥"左耳离断岛状瓣成形",一个礼拜后,血流正常,功能恢复,手术成功啦!

出院那天,陈三喜当众给俞大姐两口子下了跪,眼泪"叭嗒叭嗒",哭得像个小孩。现在,陈三喜和刘二妹已经结婚,别的倒没啥,只是这小子多了个习惯动作,时不时地要摸摸那只死去活来的耳朵,结婚照上,手指还在那耳朵上碰呢,瞧这德性!

教书育人讲师道

一个大学生讲的故事

说起职业道德,真应该说说那些教师,特别是那些山沟沟里民办学校的教师,每个月那么一点工资,还被村里打着白条,没年没月地欠着;一个人教几个班,一个班里几个年级,教学条件差不说,有些地方的教室还是危房呢!

我这个故事,说的就是危房的事。我的三叔是乡里管教育的,那天,东阳沟村打来了一个紧急报告,说是村里小学的教室快要塌了,让乡里快派人去看看。我三叔赶到那里一看,情况果真十分危险:这是一间土改时留下的老房子,后面的一根横梁裂开了一条很大的缝,那教室只有前门没后门,一旦发生意外,五十多个学生,逃都来不及!

这个小学其实只有一个班,四个年级都在一个教室里,教这个班的,是个姓田的女教师。她眼窝湿漉漉地求着我三叔:快想办法吧,谁知道这教室哪天塌下来呢……

有什么办法呢? 村里没有空房子,就算乡里勒紧裤带拨款盖房,也不是药店里的甘草,一抓就到,新教室造好之前,总不能让学生去野地里上课吧?

乡亲们说:田老师,咱山里人没文化,苦头吃够了,再不能耽误了孩子们读书,这课堂万一出事,我们不怪你。

话都说到了这份上,田老师只好硬着头皮去那教室上课。

那天,田老师对学生说了这教室的事,她告诉大家:万一发生情况,不要慌乱,按组撤退,并详细地说了四个组撤退的顺序。

说完这些,田老师的目光落在第四组最后一排的一个男同学身上。这学生叫许光明,小名"狗剩",他娘生下他不久就得暴病死了,他爹又在一次采药草时被毒蛇咬死,家里只有一个瞎了眼的老奶奶。如果这教室发生意外,按照顺序,狗剩就得最后一个离开教室……

田老师想到这些就心酸。她沉默了好久,说:"许光明同学,你拿了书包到前面来。"

狗剩不知道老师叫他干什么。

他走到前面,田老师的目光移到了第一组的第一排,说:"杨小波,你和许光明换个座位。"

坐在第一排的杨小波个子矮小,同学们都叫他"萝卜头"。他听了田老师的话,怎么也想不通:老师为什么让我这个矮子坐到最后,而让狗剩坐到前面!可看看田老师那严厉的目光,杨小波只好乖乖地坐到了狗剩的位子上。

田老师抬头望了望那根裂了缝的梁,开始上课了。可杨小波却坐不安宁了,因为他个子矮小,前面的同学挡住了他,黑板上的字看不清,他东张西望,只能在前面同学脑袋和脑袋的空隙间吃力地看。

同学们也嘀咕开了:"怎么能让萝卜头坐到最后呢?""太不公平啦!"

杨小波委屈得直想哭:他不但看不清黑板上的字,更让他怕的是头顶上那根断梁。那梁黑乎乎的,就像一条张牙舞爪的恶龙,随时随地都会扑下来……而在它扑下来时,这教室里五十多个同学中,他将是走在最后的一个!

想到这,杨小波既怕又慌,不由自主地站了起来,冲着田老师叫了起来:"妈……"

田老师的神色很严肃:"杨小波,这里是课堂,你应该叫老师!"

杨小波连忙改了口:"老师,我……我看不到黑板上的字……"

教室里的同学异口同声地喊了起来:"田老师,我和杨小波换!""让杨小波坐我的位子!"

田老师的眼窝湿了,她望了望这些孩子,又望了望杨小波,摇了摇头,说:"杨小波,你实在看不到黑板上的字,老师允许你站起来看……"

田老师刚说完,教室里就响起了轻轻的哭声,一个,两个……哭声响成了一片……

田老师的心在淌血:小波啊,我的好儿子,不是做母亲的不疼你,我是教师,我该有师德,最后这个座位,我只能让你坐呀!她掏出手绢,擦了擦眼窝,又抬头看了看那根断梁,开始上课了……

杨小波就这么站了一课又一课,站了一天又一天,屋顶上的那根断梁,也就这么一天天地在他头顶上压着。

有一天,刮起了大风,天上布满了乌云,教室里正在上课,突然,"轰——"惊天动地一声响,不知谁叫了一声:"屋塌啦——"教室里顿时乱了起来。田老师正要指挥同学撤离,猛地抬头一看,那根断梁还好好地在屋顶上,原来刚才响了一个炸雷!

田老师连忙对着慌乱的学生喊了起来:"大家不要慌,教室没有塌……"

同学们渐渐安静了下来,只有杨小波一脸惊慌地又跳又叫:"屋塌啦……屋塌啦……"

原来杨小波这三个月来一直担惊受怕,刚才一个炸雷,杨小波以为真的是屋塌了,惊恐之下,精神受了刺激,神志错乱了……

不久,新教室造好了,我三叔去看的时候,杨小波的位子还空着,他还在精神病医院里……

公安执法有警纪

一个居民讲的故事

讲起职业道德,可别忘了说说我们的警察。

我说的那个警察叫吴村,因为他秉公执法,领导就把他从乡下调到城关派出所担任所长。吴村到任没多久,就发生了几起流氓闹事的案件,为首的几个头目都被"请"进了派出所。副所长姓赵,他向吴村介绍说:为首的那个案犯叫周金龙,是周副县长的儿子,以前抓过几次,后来都放了……

吴村听了气愤地说:"放了他们,怎么对得起那些被害人……"

赵副所长说:"你刚从乡下调来,不了解情况,这城关区的人际关系复杂得很。"

听赵副所长这么一说,吴村想起调到城里以后发生的一些事:他八岁的女儿上学念书,经常被人莫名其妙地揍得鼻青眼肿;有时晚上,家里的窗玻璃被人用石头砸碎了好几块。想到老婆那惊惶不安的样子,吴村犹豫再三,忍痛作出了决定:"放!"

那个为非作歹的周金龙,就这样大摇大摆地出了派出所。

这以后,家里也太平多了,有人还给吴村提供了准确的"内部消息",春节以后,他将被提拔为副局长。

腊月二十九日的晚上,吴村把所里的干警都赶回家准备过年,说如果有事再叫他们,他自己一个人留在所里值班。

夜深人静时,他靠在沙发上,正美滋滋地想着"副局长"那顶乌纱帽时,突然听到有人敲门。吴村把门一开,只见一个人闪了进来,嗨,这家伙用黑布蒙着头脸,只露出了两只眼睛。吴村一惊,立刻往腰里掏枪,哪知蒙面人手脚比吴村更快,麻利地下了他的枪,用枪抵住了他的腰。

蒙面人说:"无事不登三宝殿,我今天来是想给你提醒一下,请你拿出在乡下当警察的良心来,不要被几块石头吓破了胆,不要被乌纱帽迷了眼!"

吴村一听,觉得这声音有点熟,但那人故意变了声,怎么也听不出他是谁。吴村的手慢慢移动着准备偷袭,但很快被蒙面人察觉了,他动作敏捷地把吴村的手反剪在背后,按得吴村手臂发麻,喘不过气来。

蒙面人从口袋里摸出一份名单,"啪"地甩在吴村面前:"这份名单上的人,就是以周副县长的儿子为首的那帮流氓团伙,你看着办吧!"

紧接着,蒙面人说出来的话更使吴村心头一颤:"你的手枪我先拿去保管着,你把这些犯罪分子送进监狱后,我会把枪完璧归赵还给你的!"

蒙面人说完,拿着吴村的枪,身子一闪,离开了派出所。

这一来,吴村就被逼上梁山了。第二天,他窝着一肚子火,叫来了赵副所长:"马上准备拘捕以周金龙为首的流氓团伙!"

吴村经过明查暗访,知道周金龙已听到风声,带着一群同伙,逃到了郊外一幢房子里。这天夜里,吴村和赵副所长,带了几个干警冲了进去。

这帮歹徒胆大包天,见来了警察,竟敢拒捕,混乱之中,周金龙拔出一把明晃晃的刀子,从背后向吴村刺去,一旁的赵副所长扑上去夺刀,不料那刀刺进了他的腹部,而且还被连捅了几刀……

最后,那几个歹徒全被铐住抓走了,赵副所长送到医院后,终因伤势过重,牺牲了。没过多久,县城里传遍了大快人心的好消息:周副县长因包庇、纵容儿子犯罪,被依法逮捕;吴村他们派出所立功受勋,成了响当当的英雄集体。

罪犯全被抓了起来,但那个蒙面人却没有履行诺言,吴村丢枪的事虽然领导还没察觉,但枪在别人手里,总是他的心病。

转眼到了清明节,吴村去给赵副所长扫墓。他独自一人来到墓前,献了花,默默地致哀。这时,一个十五六岁的男孩一瘸一拐地走到吴村身边,望着他那警服,怯生生地问:"你真的是警察?"

"嗯。"

"你叫什么名字?"

"吴村。"

那男孩盯着吴村"审查"了很久,然后领着吴村走了一段小路,来到一间小屋前,从一堵断墙里掏出一个用红绸裹着的小包,递给了吴村。吴村打开一看,包裹里包着的竟是一封信和一支擦得锃亮的手枪!

这封信是赵副所长写的,他告诉吴村:为了逼吴村上阵,他迫不得已扮成蒙面人,取走了吴村的枪……因为当警察顾不了家,老婆去年和他分手了,现在和他相依为命的,是他的瘸腿儿子。儿子那腿,就是周金龙他们趁小孩一人在家时打断的……

你们看,像赵副所长那样的人,才是真正的好警察。国有国法,行有行规,三百六十行,每个行业的岗位职责都可以说上几十条,但最要紧的是,别忘了把你的服务对象放在第一位。当官的就该为老百姓谋利益,营业员就要为顾客服务,教师要爱护学生,当医生的就该时时想着病人,当警察的就不能忘了惩恶扬善、社会安定……

怎么?那机器还没修好……喂,护士小姐,你们的意见本在哪儿……

(封宇平、黎连、季良)

话说"走出困境"

坚强者能在命运的风暴中奋斗。

话题十七

话说「走出困境」

一群老三届同学聚会,在当年的"班长"家里摆下了三桌酒席。这些人中,有默默无闻的小学教师,有经营有方的个体老板,也有待岗在家的纺织女工……有道是"不受磨难不成佛",老同学们虽然经历不同,处境有异,谈笑之间,却不约而同地谈起了一个共同的话题:走出困境。

人在困境中,最想得到的是别人的信任

王老师讲的故事

我说的是件真事。那天,我在杭州开完教学研讨会,徒步走

了十多站,来到长途客运站,准备坐车回家。可一掏口袋才发现:钱包被人扒了!钱倒是不多,只有六十多块,可一分钱逼死英雄汉,没钱怎能坐车回家?想回杭州教委找熟人借钱,这一来一去,恐怕连末班车也赶不上了。正急得心头冒火,一看车站对面有一家典当行,来不及细想,便一脚闯了进去。

当时正是夏季,我穿得十分简单:短袖衬衫、西装短裤和一双凉鞋,既不值钱又不能当。我低着头站在柜台前正琢磨着,猛然想起上衣口袋里的"教师证",便壮着胆子冲柜上的小姐笑了笑,吞吞吐吐地讲了自己的困境,又抖抖索索地递上了教师证,说:"小姐,我想用教师证当五十元钱,行吗?"

小姐一听,"扑哧"笑了:"这种工作证一元钱都不值,你还想当五十元? 这不行!"

我尴尬万分,又不甘心地求着情:"小姐,我这也是没办法的办法,求你帮帮忙,我以教师的资格、我的人格担保,绝不食言,一到家就把钱寄来。"

小姐忍不住"咯咯咯"地笑出了声:"现在什么东西都有假,就凭一个小本本,我可不敢相信你。"

我急忙指着教师证说:"你看,上面有我的照片,有教委的钢印,不会是假的……"

小姐不耐烦了,鼻子里"哼"了一声,扭过身去不再理我。

我走也不是,不走也不是,正在难堪,忽见从里屋走出一位面目和善的老人,他问:"雪儿,为啥事吵呐?"

那小姐说:"师傅,这个人没钱回家,想用一个教师证当五十元钱,多新鲜呀!"

老头一听小姐这么说,就从我手上接过教师证,他看了看,说:"雪儿是我的徒弟,年轻不懂事,你千万别往心里去。劳驾再想想,还有什么可以证明你身份的?"

我想了想,从提包里拿出一本杂志,恭恭敬敬地递到那老头面前,说:"这本杂志上有我的一篇文章,还附有我的一张照片,您看能不能证明我的身份?"

老人接过杂志,戴上老花镜,翻到了那篇文章,细细地看了起来。一会儿他抬起头,拍了拍我的肩膀,笑着说:"我相信你,工作证可以作假,人格也可以作假,可你的文章、才华是不能掺假的,就凭这文章,我让你当!"他转身又对那小姐说:"雪儿,拿一百元钱给王老师。"

我再三推辞,表示五十元就足够了,可老人坚持让我把一百元都收下,并把教师证、杂志全还给了我。

我很感激,只觉得眼窝里湿漉漉的,和老人握手告别后,就买了车票回家。到家第二天,我就汇去了一百元钱。可是不久,这一百元钱又从邮局退了回来,"附言栏"里写了这样几句话:你没有在我的店里当什么,这钱本来就是送你的。我这辈子读书少,我敬重的就是教师……

直到现在,我一直没有忘记这位老人。以后,碰到别人遇上了困难,我都会像这位老人那样去帮助他们走出困境。

人在困境中,最最要紧的是自己的奋斗

张律师讲的故事

一堵墙难挡八面风,一个人处在困境里,是要靠人帮助。不过依我看,最要紧的还得靠自己,给你们说件我亲身经历的事。

那是一九八七年,我在省城念大学,一次放假回乡下老家,半路塞车耽误了两个小时,在小站下车时已经黄昏了。车站停了几辆载客的手扶拖拉机,上前一问,到我家至少也要二十元,要比平时贵十倍,够我在学校一个月的伙食费。我这个穷学生哪里舍得?再说口袋里也没有这么多的钱。可步行回家吧,二

十多公里的山路,一个女孩子哪敢走这夜路,而住店花销会更大。我真的陷入了困境。

这时,一个小伙子推着一辆自行车在我身边停下,那年轻人身材魁梧,土里土气的样子,看起来还很和善,他说:"姑娘,去哪里?我带你走吧。"

这个小站上平时常有人用自行车载客赚外快的,我告诉他去杨树村,并讲定了车费两元。说实话,那时天都暗下来了,可是我别无选择,我把书包挂在他的车把上,硬着头皮跳上了后车座。

小伙子骑车技术蛮不错,力气也不小,不多一会,已经离开小站几公里。路上碰不到别的人,荒山野岭,漆黑一片,我开始紧张了,后悔不该让这陌生的男人载我,假如这时他对我动坏脑筋,我只能像小羊羔一样任他宰割了!

这时,那男子大概有点累了,车速渐渐慢了下来,只听见他在黑暗中问我:"你是从省城来的吧,在那干什么?"

"我在省城念大学,读法律专业。"我故意把"法律"两个字说得很重,目的是想镇住他。

"噢,你原来是个学生,你有男朋友了吗?"

"没有。"

"你多大了?"

我不想回答,但又不能不回答,便故意少报了两岁:"十八岁。"

"才十八岁。我还以为你二十多岁了呢。"

从他的话中,我感到有些不妙,果然,他不怀好意地开口了:"小妹妹,车钱我不要了,咱们停下车到树林里玩玩好吧?"说着,他把车停下,利索地跳了下来,身子向我靠来……

我的心快要从喉咙口跳出来了,立刻把早就准备好的话一股脑儿说了出来:"你想干什么?你要是强来,我就自杀,你也会被判刑的。知道你这样做要判几年刑吗？七年打底,情节严重还可能判死刑。我在学校旁听过几次开庭审判,那些被告犯罪时不考虑后果,一到法庭上个个后悔莫及。你想想,这样做值得吗？"

他没有再吭气,不情愿地上了车,继续往前骑。我知道,他是一时被我这些话镇住了,但邪念仍在,我还没有摆脱困境。

果然,他又开口了:"小妹妹,我看你长得漂亮,叫人喜欢,心里直想……"

我打断了他的话:"你有妹妹吗？"

"有,和你一般大。"

"你想想,如果今天晚上是你妹妹遭到别人欺侮,你不伤心吗？我看你还没结婚吧,你如果胡来,以后的好日子都完了……"

那时候,我在心里对自己说:别慌,你一定能镇住他！我尽量挑有分量的话说,只想打消他的邪念。

沉默了很久很久,他又开口了:"那我不带你了,你下去吧。"

我松了一口气,可朝四处一看,这里前不傍村,后不靠店,剩下的十多公里山路,一个人怎么走？说不定路上还会碰到比他更坏的人！想到这里,我用恳求的口气说:"大哥,我坐你的车,就是因为相信你不是坏人。你就做件好事,送我到家吧。"

他没有回答,也没有硬着要我下车,继续向前骑着。我怕黑暗之中沉默着,会使他又生邪念,便主动地和他聊了起来,聊家乡的变化,聊他的家庭……边走边聊,不知不觉,公路两旁出现了灯光,终于到家了,我长长地吐了一口气。

我跳下车,掏尽了口袋里的钱,一共有五元,便全给了他,他犹像了一下,没有接钱,低着头不敢看我,只从嗓子眼里挤出两个字:"算了。"然后匆匆骑车走了。我冲着他的背影大喊了一声:"谢谢你了,大哥——"

等我回到家的时候，才突然想起我的书包还挂在那小伙子的车把上，好在里面只有几本书和几封同学的来信。谁知开学不久，我收到了一个没有具名的包裹，拆开一看，里面竟然就是我的那个小书包，书和信都在，只是多了一张字条，字写得歪歪扭扭的，字条上说他对那天晚上的所作所为很内疚，他感激我挽救了他，假如那天晚上遇到的是另一个女孩子，没有说这些话，说不定他会铤而走险的。

你们看，我那次的遭遇险不险？但我靠着自己的勇敢和智慧，化险为夷，走出了困境。

人在困境中，最宝贵的是不灭生命之火

薛老板讲的故事

困境是难免的，国家、单位、家庭、个人，都会遇到困境。困境不可怕，可怕的是连自己都失去希望，失去信心。

你们知道，我从学校出来后，没有像你们那样轰轰烈烈，我的日子过得很难，后来开了个杂货店，才算缓过一口气来。

告诉你们一件事。

在我那个杂货店的对面有一间很破、很矮的土房子，那里住着一个生着重病的外地年轻人。为了治病，他欠下了不少债，附近几家店铺都欠了钱，所以经常有人上门向他讨债。

一天深夜，他敲开了我的店，我一看，他好像是刚从病床上撑起来的，精神很不好。他对我说："我……我想买几支蜡烛。"

我马上拿了几支蜡烛递给他，他没有伸手接，却说："我暂时没钱，一同记在上次的账上，行吗？"我笑着点了点头，他才接过蜡烛，没有说一句客套话，走了。

我站在门口，用目光送着他，他的背影很瘦很瘦，他走进黑

洞洞的房子后,我才明白他可能是因为拖欠电费太多,电线被供电所剪断了,他没办法,才到我店里来买蜡烛。

以后几个晚上,我注意到对面那房子里有烛光,烛光下,那年轻人伏在桌子上写着什么,一直到半夜。

一天晚上,我看到那小房子里的烛光闪了几闪,"忽"地一下熄灭了,我知道那蜡烛点完了,便希望那年轻人走出屋来,到我店里来买蜡烛,可就是不见他出来,想必是他不好意思再到我店里来赊账。

接着的几个晚上,仍旧不见他的窗口亮起来。这天晚上,我实在忍不住,就点了一支蜡烛,走到他的小房子前,敲响了他的门。他开了门,烛光之下,我看到他的眼角有泪花。我把蜡烛递给了他,安慰道:"需要蜡烛你尽管来拿……困龙也有上天时,没有过不去的火焰山,别灰心,日子会好起来的!"

他接过蜡烛,望着亮亮的烛光,咬着牙,点了点头,默默地看着我离去。

一晃三年过去了,真是奇迹,那个年轻人的病竟然好了,而且在县城里开了一爿店,娶了老婆生了儿子,日子过得很红火。听人说,他还清了债,还积了一笔不小的款子,可奇怪的是,他就是忘了欠过我家的钱,每次碰到我,他只是一笑,从来不提还钱的事。我想,大概是那笔账数目小,他已经彻底忘记了。

我翻修房子那年,手头的积蓄花光了,借了几家亲朋好友的钱,到最后还缺了一笔门窗款。冬天到了,风吹雪飘,可我家的门窗还空荡荡的,正当我火烧眉毛的时候,总算有一家装潢店的老板答应为我垫钱安装,约定过了春节付款,并立下了字据。

过了春节,我去装潢店还款,老板告诉我这样一件事:去年年底,有个人自称是我的朋友,到这店里来替我还了所欠的三千元钱,他取走了字据,但走出店门后,就把字据撕碎扔进了垃圾桶。

　　老板把那人的相貌、口音一说,我就猜到他就是那个年轻的外地人。可我猜不透他的用心,难道仅仅是因为那点小账和几支蜡烛吗?

　　第二天,我带着这笔钱和一肚子的疑问,到了他的家里。他招呼我坐下,神情显得很凝重。他说:"你不知道,那天晚上,我因为绝望而准备自杀了,你那一支蜡烛,你送蜡烛时说的那句话,就是当时我唯一留恋的人间温暖,就是在你走后,我解开了那根准备悬梁自尽的麻绳……"

　　我的心震惊了,想不到那天晚上竟然还有这么一段故事!

　　他继续说着,语调有些哽咽:"你是唯一没有向我讨债的债主……而你的那支蜡烛救了我,你的债务,我是永远也还不清的……"

　　他无论如何也不肯收我那三千元钱。唉,人在顺境时,你给他一个太阳也是多余的;人在困境时,暗无天日,周身寒冷,这时,哪怕你只给他一星一丝的光明,就如同给了他一个起死回生的太阳。你们说对不对?

(王勇、山言、许申高)